小说以白胖鱼为叙了视角，以寻找一只会说话的八哥为主线，展示了三代人不同的生活、苦痛、矛盾和爱恨。白胖鱼自己能上天，极具性灵，能与古人对话，能与天神沟通。这些人物让小说有了浓郁的奇幻色彩，却又接近现实地气。

~~这是一部老少皆宜的好看的小说~~

小说融叙了和抒情为一体，这已经非常好了。它有血有肉，骨肉均匀，像一幅水气丰沛的黎冷山水长卷。继承着中国传统古典文学的精神，又吸收了西方现代文学的艺术手法，进行着哲学的思考。

这是一部老少皆宜的好看的小说。

2024.7.19

看不见的力量

KAN BU JIAN
DE LILIANG

冯北仲 著

陕西师范大学出版总社　西安

图书代号 WX24N2119

图书在版编目(CIP)数据

看不见的力量 / 冯北仲著. — 西安：陕西师范大学出版总社有限公司, 2024.11. -- ISBN 978-7-5695-4730-6

Ⅰ．I247.5

中国国家版本馆CIP数据核字第2024DT6772号

看不见的力量
KAN BU JIAN DE LILIANG

冯北仲　著

出 版 人	刘东风
策划编辑	陈君明
责任编辑	陈君明
责任校对	王雅琨
封面设计	张潇伊
出版发行	陕西师范大学出版总社
	（西安市长安南路199号　邮编 710062）
网　　址	http://www.snupg.com
印　　刷	山东临沂新华印刷物流集团有限责任公司
开　　本	889 mm×1194 mm　1/32
印　　张	7.875
插　　页	4
字　　数	155千
版　　次	2024年11月第1版
印　　次	2024年11月第1次印刷
书　　号	ISBN 978-7-5695-4730-6
定　　价	59.00元

读者购书、书店添货或发现印装质量问题，请与本公司营销部联系、调换。
电话：（029）85307864　85303629　　传真：（029）85303879

被时间偷走了一切,言语无法表达万一
只剩下那古老的布道林,还有那出戏

——约翰·克莱尔

读《看不见的力量》（代序）

贾平凹

这些年，北仲一直在陕西理工大学北校区，教学之余，默默地创作。听说那北校区环境很好，在秦岭深处，背靠连城山，紧邻褒河，前身是北大分校，想来文化底蕴很深厚啊。北仲喜欢安静，在那里一边教学一边创作，话说也是修行。

北仲又要出版小说了，真为她高兴。

她寄来书稿，一看名子（字）《看不见的力量》，这令我兴趣，到底是啥力量呢？阅读起来，便使我不时叫好。小说的艺术特色鲜明，思想独到，有强烈的生命意识、生态意识、和平意识和哲学意识。语言又清新、明快、干净。我感受到了"看不见的力量"，它来自远古的华夏祖先，来自神秘的不可言说的大自然，警醒人类对自身、自然以及民族传统进行反思。

让我欣喜的，小说文本将抽象和具象结合得极好。

小说以白胖豆为叙事视角，以寻找一只会说话的八哥为主线，贯穿了三代人不同的生活、苦恼、矛盾和爱恨。白胖豆是自然之子，极具性灵，能与古人对话，能与天神沟通。这个人物让小说有了浓郁的奇幻色彩，却又接近现实地气。

小说融叙事和抒情为一体，这已经非常难得。它有血有肉，骨肉均匀，像一幅水气丰沛的秦岭山水画卷，继承着中国传统古典文学的精神，又吸收了西方现代文学的艺术手法，进行着哲学的思考。

这是一部老少皆宜的好看的小说。

2024.7.19

一

放学钟声响了,我背起书包,第一个冲出教室。

天空很蓝,像春阳里睡醒的小河,既清亮,又明澈。几线白云,在空中懒懒散散,如河边调皮的芦苇,轻歌曼舞。空气很清鲜,田野里油菜花的味道,好像一群可爱的蜜蜂从风琴的键盘上飞起,热热闹闹,旋转出轻快的曲调,歌唱春天,歌唱油菜花,也歌唱蜜蜂。

校园里,悬挂在白皮松上的大铜钟有多少年历史了?我不清楚。大铜钟很古老,很陈旧,躯体显眼的部分褪了漆皮,露出发亮的青白色。这绝对是一口好钟,有历史的钟,直觉告诉我。它发出的声音洪亮、悠扬、绵长,如巨石掉进了深潭,咚的一声,激活一圈一圈古老的涟漪,轻诉久远的传说。

那些传说,如天空散淡的云丝,从不知名的远方飘到了眼前。我最喜欢的,是精卫填海。我听语文老师讲过,一只神秘的小鸟叫精卫,长着白色的嘴、红色的脚。每日,小鸟衔来西山的树枝和石子，发誓要填平东海。一只好看的小鸟，我使劲地想象，有多么好看呢，绝对不是老师讲的像乌鸦。小鸟该是红色的脸，白色的羽毛，红色的脚，像美丽的朱鹮。对，一定像朱鹮。平日里，我经常看见朱鹮从河面上掠过，从草丛中飞起，在河滩上打盹。

我瞅了几眼白皮松上的大铜钟，伸开双臂，做出飞翔的姿势，仿佛变成了一只鸟儿，在咚的钟声中，缓缓起飞。

敲钟的老人是茶镇人，从川陕交界的西乡到勉县来，在我们学校当门卫。他掌管大门的打开和锁上，负责上下课敲钟。每次进出校门，我遇着他，先打招呼。今天，破例了。

他笑着说："白胖豆，跳舞呢，真好。"

我回过神，说一声："爷爷好。"出了校门。

顺着校门外的石子路直行三百米，拐一个弯，一条小河唱着歌儿朝我走来。我双脚跳起来，是一种狂喜的跳，没节拍，很随意。小河是我熟悉的朋友，它每句轻快的吟唱我熟悉，每个流动的姿势我熟悉，每个闪亮的眼神我熟悉。我们眼神一相遇，不管一天遇几次，我的胸腔就充满各种无法言说的温暖和馨香，绽放出五颜六色的花朵，有山坡的蒲公英，有庭院的玉兰，有门前的桂花，有屋后的野菊，有田野的紫罗兰，有漫山遍野的油菜花，一朵一朵，一簇一簇，跳跃不已。

小河上，悬着一座木桥，不知有多少年了。我问过，我的祖辈和父辈也说不清。木板上，生了许多大小不一的斑痕，早已失了木头的本色。这斑驳的色调，是连续的，从河的这头伸到河的那头，仿佛天河落下一道彩虹，架在了人间的小河上，一日一日，数着千年万年的时光……

我走上木桥，脚下是吱吱呀呀的轻唱，像是回答我的好奇，却听不清楚。

你存在多少年了？

吱吱呀呀，温柔的轻唱总是一个腔调，不厌烦我千遍万遍的打探。

多少年了？

我轻轻走着，桥身颤动。河面闪出一道道异样的光芒，鱼儿身上的鳞片似的，一会儿整齐，一会儿错乱，直晃人眼。我恰似走在天空的海洋，无数璀璨的小星星围住我，哇，浩大的汪洋的神奇蓝色，紧紧裹住了我，摇摆我，亲吻我，迷乱我。

多少年了？

有河，便有了人。人顺着河流，可以种玉米水稻小麦，可以栽蔬菜瓜果花草，可以养鸡鹅鱼鸭牛羊。有人，便有了桥。人要走亲戚，要赶集，要买东西。以前，没有桥的时候，想到对岸去，只能靠渡船。撑船的艄公太辛苦，后来修了桥。我听老人讲，船和桥是一样的，船是移动的桥，桥是固定的船。

多少次，我趴在桥上，用手指抠着木板，拿石头敲击木板，抬胳膊捶打木板，一心想找出它吸引我的秘密。木桥很神奇，任我怎么折腾，一直保持静默。一块一块的木板，紧密相连，两条平行的长长的钢绳连接着他们。如果一块木板开始吱呀唱歌，全体木板齐声吱吱呀呀高唱附和。他们紧紧依靠在一起，进行着有节奏有秩序的集体大合唱。我听到了久远的低沉的回应，含混不清，却很有力量。

我的心震颤了。

河，人，桥，是我的祖先，我们的祖先。

我把这个发现，确切地说，这个震颤的体会，告诉了瘦竿。他发出怪异的笑声，如一只被石头击中的狗在吠叫，尖利，刺耳。我紧抿双唇，脸涨得通红。

他说："啊呀呀，胖豆的祖先是'活人桥'[①]！"

我盯着他，一字一板地更正，说："是'河——人——桥'！"

他说："那是胖豆的祖先，我祖先是我爷爷和祖爷爷！"

那次之后，每次放学过桥，瘦竿脖子一挺，"嘘——"打一声长哨，大声喊："'活人桥'是胖豆的祖先！"同学们哄然大笑。不断有人取笑我，推搡我，甚至有几个同学摁着我脖子，要让我跪在桥上，给祖先磕头。

---

① 陕西方言中将"河"念作"活"。

刚开始，我想给同学们解释，把我的想法说给他们听，但是没用，他们和瘦竿一样，也不想听，只会起哄。他们只对"活人桥"三个字感兴趣。我不明白，这三个字有啥奇特？竟让他们兴奋到了发疯的地步，摇头晃脑，疯了。面对他们的狂样，我沉默了。

从那之后，每次放学，我第一个冲出教室，不再与他们为伍。

走过了桥，经过一片狭长的沙地。沙子很细软，像尘土，又粒粒可见，比尘土面目清晰。我如出笼的兔子，扔了书包，双脚一甩，鞋子识趣地溜到一边去了。赤裸的双脚被细沙紧紧抱住，痒痒感扑了来，我直笑，又蹦又跳。越是蹦跳，痒痒越是强烈，仿若有一根手指，故意在挠我的脚底。我大声笑，笑个不停。直到我跳累了，也笑累了，一屁股坐在沙地上。双手捧起细沙，手便如漏斗似的，一粒粒的沙子从我指间滑落，很神奇。这些细沙是谁造的？为啥大小相等模样相同？我望一眼天空，再望一眼旁边的河水。哗哗的流水给了我答案，是河呀，是河给了沙子这般模样。河有多少年了？我问。没有应答。我的祖辈父辈不知桥有多少年了，也不知河有多少年了。我捧起沙子，目光投向河，像儿子寻到了母亲似的。对的，河是沙的母亲。是不是儿子长大了以后，被搁在光秃秃的地面上，只能天天望着天空，再也看不见母亲了？我疑惑了，穿上鞋子，背上书包，离开了沙地。

我进入一片茂密的树林。

这是一片野生林子，柳树、榆树、水杉、银叶、楸树、樟树、油桐、棕树、枫杨、黄杨、白杨、马尾松、槐树、构树、橡树、山胡桃、黄连木……还有各种叫不出名儿的树，杂乱地生长，一棵挨着一棵，枝繁叶茂，胳膊挽着胳膊，脸面贴着脸面，很亲密。林中有一条蜿蜒小径，长蛇似的扭来扭去，惬意地游向林子深处，我称它为蛇行小径。

林子很美，一年四季，四时不同。我很喜欢树林，一片片交叠的叶子在阳光下泛着晶莹的光，一只只欢快的小鸟和翻飞的蝴蝶快乐地戏耍。它们牵引着我的目光，我也成了林子里的一片小叶子，一只可爱的小鸟和一只蝴蝶。我们一起，在光影中享受大自然的美丽和安静。轻盈的白云，透过枝条的罅隙朝我们笑。温暖的太阳，仁慈地拥抱着我们。灵巧的轻风，挤过密实的树梢掀起我们的翅膀。我们开心地笑，自由地飞，大声地喊。

我喜欢树林，走在林间，感觉进入了另一个世界。绿色的浓荫像一把巨型的芭蕉扇，给我一股透心的清凉，让我兴奋不已。每到橡子熟的季节，我会捡一堆圆圆的橡子果，串成一个项圈，戴在脖子上，像极了寺院里的老和尚。每年秋季，我戴着橡子果项圈，扮个和尚的样儿，在家里转来转去。父母先是笑，而后是让我取下来。她才不想让唯一的孩子当和尚去呢。我取下了项圈，放在枕边，每晚睡觉时，摸遍每一颗橡果，进入了梦乡。第二年，又换一个新的项圈来。

每天放学，树林是回家必须经过的地方。不管在校园还是路上，或是和同学老师之间发生了什么，一踏进林子，我便轻松愉快了。这儿是我的乐园，我也成了大自然的一分子，无忧无虑。林子有多少鸟儿？我不清楚。可每一声鸣叫，我都能分清来自啥鸟儿。八哥、朱鹮、苍鹭、白鹭、画眉、黄莺、斑鸠、杜鹃、燕子、百灵鸟、喜鹊、翠鸟、布谷鸟、啄木鸟、乌鸦、麻雀……没有我不知的。

我踩着游蛇的身影，听着大自然的乐曲，出了林子。

顿时，我眼前豁然开朗。一片偌大的平地，手掌似的摊开，几个村子掩映在团团绿树中，白身红帽的房子若隐若现，如童话世界，色彩鲜艳，清亮洁净。远处，是自成一圈高低起伏的山脉，重峦叠嶂，朝气十足，很有力量，威风凛凛如屏障似的保卫这片盆地。

语文老师曾在课堂上说过："北面的山脉叫秦岭，南面的叫巴山，这片手掌似的平地，是小盆地，是小型的天府之国，叫汉中。每天上学经过的小河，在勉县境内叫堰河，是汉江的支流。汉江发源于汉中境内的宁强县，汉江是长江的支流。长江是中国第一大河流，支流多，水势大，一路高歌，浩浩荡荡，流入东海。"

当时的我，听着课，热血沸腾，身上每个毛孔都张大了，激动不已。

我生长在美丽的汉中，这里有美丽的汉江，汉江有非凡的意义，一路前行，流入东海。我无法想象祖国有多大。应该非常非常大，很辽阔，一眼望不到边。老师的话，成了同学们课后谈论的话题，一个个脸蛋通红，挺着胸脯，为自己是汉中人而骄傲。放学后，经过小河，一个个指着河面，发现新事物似的说，这河叫堰河，知道吗？堰河，是汉江的支流！然后，一个挠一个的胳肢窝，嬉笑着，相互追赶。

　　现在，是我一人观赏秦岭巴山，我不再与他们为伍了。回想着老师的话，我胸中荡起一股壮气，不由地高唱："我们的祖国是花园，花园里花朵真鲜艳……"一个丁字路口横在我眼前，挡住去路。我朝西走了五十米，拐进一个村子。

　　村口悬挂着一张大匾，写着"旧州铺"三个字。

　　旧州铺是个古老的村落，建村时间很久了，到底有多久？村里最年长的人也说不清。村子里的老人时常聚堆，也常说一句话："咱们旧州铺，在于一个'旧'字。勉县地盘上，整个汉中境内，旧州铺才是响当当的头号门面，古代出过读书人，还给皇上的儿子当过老师呢。"我听后，激动得如啃了骨头的小狗似的上蹿下跳，好像那古代的读书人在眼前，我要上学，听他讲课。

　　记得小学一年级时，我听语文老师讲李白的《静夜思》。老师讲起了李白的生平，说："李白入了皇宫，见到皇上，给杨贵妃写了几首诗，非常好，千古名诗。"老师神采飞扬，竖起了大拇指。我一听李白见到了皇上，想到了村子里的老人讲的古代那个旧州铺的读书人。

下课后，我追上走向办公室的老师，说："老师，听我们村子里的老人讲，古时候有个读书人，也入过皇宫，还给皇上的儿子当过老师。"

老师说："你家在旧州铺吧，那人姓彭名龄，精通'四部'，博学才学，是清朝的儒学大师，号称'南山彭'，人称彭儒师，在关中书院教书。"

我问："啥是'四部'？关中书院在哪儿？"

老师笑了，摸着我的头，说："好好学习，等长大了，就懂了。"

我摸脑袋，脑子里一连串的问号也跟着不舒服了，嫌老师没回答问题。老师的话，已经验证旧州铺出了一位彭儒师，是千真万确的事实。

旧州铺，是生我养我的地方啊！

强烈的自豪感从心底萌生，我幼小的心灵燃起了火焰，对村子一下子有了敬意，和对父母一样的，甚至比对父母的感情还要特别。敬意到底是啥？我不明白。每天清晨，全校师生在操场上集合，一起注目国旗冉冉升起。在国歌声中，每个人的表情是严肃的。或许，这是敬意。这番话，不敢对父母讲，怕父母说养了个小白眼狼，对古人的感情和敬意竟然超过了对他们的。

这件事后，一放学，回到村口，望几眼"旧州铺"三个字，我浑身有劲，充满了力量。我长了翅膀一样飞跑进村子，好似去朝拜古代的彭儒师。

不知有多少次，一双深邃的眼睛，隐在深处，从古代看过来，盯着村里的人。尤其我，脊梁骨迎接着那深不可测的目光，让我喜悦，也让我畏怯。这事也藏在心底，我不敢对谁讲。

全村老少看到我背着书包一进村就飞跑，便认为我不爱上学，爱回家。老人们先是笑，接着叫住我，教育我不要跑，慢步走，爱上学才是好孩子。我点头，应一声。可是，我依旧是一进村就飞跑，改不了。慢慢地，全村人也习惯了。

习惯一旦养成，再也改不掉了。

此时的我，收回了对以往的回想，已经进了村。顺着小路，飞跑，继续着我上学以来养成的习惯。到了家门口，一个人影从墙后猛地闪出来，"吼——"老虎似的一声喊，吓了我一大跳！我惊叫一声，后退几步。

瘦竿站在我面前，怪笑着，盯着失魂落魄的我。

我喘着气，瞪着他。

他笑着，态度不似以往了，说："胖豆，我以后不说'活人桥'是你祖先了。从今儿起，咱俩和好啦。胖豆，你能带我去寻八哥吗？"

我问："寻八哥？为啥要寻？"

他说:"我想要一只会说话的八哥。"

我摸摸脑袋,盯着他,语气坚定地说:"河——人——桥,是我们共同的祖先,不只是我胖豆一人的祖先!"

他歪头笑,说:"好,'活人桥'是我们的祖先!哪天再来个'死人桥'!我奶奶说了,'死人桥'上走一趟,咱们转世另做人啦!好了,好了,胖豆别生气了,以后不提这事了。啥祖先不祖先的,咱俩寻八哥要紧!"

他为啥突然要寻八哥?我好奇了。

二

瘦竿与我和好了,只为寻八哥。

如果不是寻八哥,他才不肯主动与我和好。以他一贯的做派,主动找我来和好,是我做白日梦。他倒是说话算数,不再提说"活人桥"了。放学过桥,偶尔有别班或别年级的同学取笑我,目的是巴结讨好瘦竿。瘦竿双眼一瞪,两手叉腰,说:"今后,不准你们说'活人桥'是胖豆的祖先!不准提'活人桥'三个字,坚决不准!谁提,是皮痒痒了,就是想和我打架!哼,我这俩拳头,正痒痒呢!"

他们不出声了,你看我,我看你。

瘦竿又和胖豆成好伙伴了?他们瞪着不解的双眼都规矩了,低着头,一个接着一个,慢吞吞走在桥上。桥板一颤一颤,在我们脚下伴奏,这吱吱呀呀的轻唱,真成了大家的祖先,不只是我胖豆一人的,是大家共同的祖先。我们一个一个闭紧了嘴,望着河面上一道一道的金光,无声地行走,像村子里的老人拜城隍庙似的,排着队,很虔诚,在静默中完成了整个过程。

我喜欢这场景,有一种敬意,更有一种神圣感。祖先能看到的,山川河流、天空大地,都能看到的。我们走在桥上,祖先托举着我们,走向回家的路。

瞬间,热流滚进我的心坎,我开始感激瘦竿了。

属于我的震颤体会,就在这一刻,终于得到了同学们的认可。

天空很蓝,像一面明净的镜子,照亮了万物。天空为我庆贺。远处,秦岭巍峨,更苍翠了。秦岭为我庆贺。我的喜悦是广大的,盛满了五彩蝴蝶,飞舞着我无法言说的心情。我伸出手要表达一种诚意,紧紧握住了瘦竿的手,如打了胜仗的将军,多少有些洋洋自得。这得意的战果,是瘦竿当众认定并宣布了的。

再说这瘦竿吧,他是谁?

他学名赖舍文,是我们班的班长。他不仅仅在学校是个班长,更是周围几个村子所有孩子的"大班长"。

每年暑假,河边是几个村孩子们的汇聚地。吃过早饭,我们从四面八方涌来,完全是自发的,好像瘦竿的一双眼睛时刻监视着我们,不听从,不行。瘦竿很神气,拿一根一米长的竹棍,棍子一端,缠着一条不知从哪儿弄来的撕成了条的红布。这红带子,代表他在我们中的地位非同寻常。他一手举起竹棍,前后左右地挥动,红带子在空中呼啦啦飘扬起来,小红旗似的鲜艳夺目。舞动着的红带子，时时牵引着我们臣服的目光。他高喊着，模仿大人，摆出威严的神态。我们像备战的士兵，等待出击。"冲！"他将竹棍朝前指去。我们大喊："冲！"朝前跑去。就这样，我们玩什么、怎么玩，全听他指挥。竹棍指哪儿，我们便朝哪儿跑。顺从又听话的我们，拿瘦竿当了大人物。

瘦竿最喜欢假期，一个多月，他尽显了当大班长的派头。

河里的鱼虾鳖龟，一到假期，也全现了影儿，赶集一般也来凑热闹，也不怕我们这帮毛孩子去捞，去捕，去抓。在汉中水乡长大的我们，鱼儿成了精变化来似的，机灵滑溜。我们从不说捞鱼捕鱼，嫌低估了自己，只说抓鱼。抓鱼才显能耐，更能体现出游泳水平。毛家坪的毛蛋，周身黝黑。他的黑，很特别，像灶房烤焦的火棍。他身形瘦小，水性却极好。暑假里，他最活跃，一个猛子扎进水里，半晌，头露出水面，手里举着一条活蹦乱跳的银光闪闪的鱼。

"哇！毛蛋太棒了！"我们又跳又叫，挥舞双臂，为毛蛋喝彩。

这时的瘦竿，猛然举起竹棍，红带子飞起来了，像一枚闪亮的奖章，指向了河中的毛蛋。

瘦竿扯破嗓子高喊："毛蛋，好样的，咱们的好战士！"

我们也一起跟着喊："毛蛋，好样的，咱们的好战士！"

瘦竿得意极了，大笑。我们也跟着大笑。又乱又炸的笑声,如黄鼠狼跳进了鸡棚,顿时惊飞了鸡群。

堰河岸边,是我们天然的乐园。暑假里,天气潮热,无色的稠汁似的湿气依附在人身上,如剥了皮的羔羊皮贴着肌肤,油腻腻的,再洗也洗不净,黏糊糊的,使劲揉搓也没用。河水是流动的,拉动了大地的风箱,能消暑,能锻炼,能玩游戏。河边,一天到晚,充满了欢快的笑声。天上的浮云,神仙般地站在山头或山腰,不忍打喷嚏,只怕降下一滴雨水,惊扰了我们的开心。

一群美丽的朱鹮翩然而至,观赏我们的表演。

它们排着队,落在河对面,站在芦苇丛中。它们是仙子,很高雅,挺直了高贵的颀长的脖颈,静静地欣赏我们,感受我们的快乐。不一会儿,它们被感染了,随着我们忽高忽低的欢叫,一只朱鹮按捺不住激动的心情,要前来助兴。只见它展开漂亮的双翅,在水面上滑翔了两圈,优雅地仰起脖子,向长空高鸣一声。"看呀,朱鹮!"我们叫起来,拍着手。瞬时,河中央出现一座透明的舞台。台面上,镶满了晶莹的珍珠——阳光洒在水面上的点点金光!朱鹮像一名出色的舞蹈家,轻盈地站在舞台上。它穿一身粉白的羽衣,阳光下,通身闪耀着宝石的光泽。很快地,它转一个漂亮的圈,双翅轻拍,脚一勾,一道美丽又光滑的弧线在水面上荡起,水波漾漾,一朵巨大的莲花,当即盛放。

我们过于惊喜,近乎失控了,大喊:"朱鹮在跳舞,看呀!"

我们伸长脖子,又喊又叫,恨不得飞到对岸去。

朱鹮又转了一个圈,飞走了,又优雅地回到芦苇丛中。它单腿立着,含羞地低着头,等待我们的表扬。我们齐声欢呼,又跳又蹦,给了它最好的回应。

忽地,又一只朱鹮起飞了。

它腾空而起,在芦苇上空盘旋。蓝色的天空,苍翠的远山,绿油油的水草,一只朱鹮,在空中飞翔。细长的嘴巴,漂亮的丹顶,一路引吭高歌,向我们展示它的美。大自然也惊叹!奇异啊,朱鹮!天空、大地、山川、河流、芦苇,全都屏息敛声,静观朱鹮的演出。

这是一幅大自然的图景。这是人间仙境。

世上最美的图画,也比不上我们汉中的山水草木养育出来的朱鹮。这天然的图景,没有人为的痕迹!蓦地,它迅速展开双翅,孔雀开屏似的,箭一般扑向河面,双掌轻轻落于水上,啪啪啪激起一串串水珠,扬起一溜儿白粉沫子,聚起成堆的玉坠子——玉妆的旱莲,盛开,不断盛开,千层花瓣不断翻起,很旺,很鲜,很是生动,很有力量。又听得啪啪啪一阵快响,它快速地飞进旱莲丛中,像一位从天而降的仙子,陶醉在忘情的演出中……

"哇!哇!"我们狂叫着,跳着,使劲拍手,疯了似的,忘了这是哪儿,仿佛朱鹮是我们的一位同学,正在台上为我们献歌献舞。我们忘乎所以，朱鹮带来的美妙感受，太神奇，太美好，太惊人，我们无法用贫乏的语言来表达，只有扯破嗓子狂叫，发疯似的狂跳……

美丽的朱鹮什么时候飞离芦苇丛的？我们不知。狂热在我们体内四处滚动，像熟透的樱桃似的，一颗一颗，红得似火，点爆了我们。

随后的日子里，朱鹮会隔三岔五前来凑兴，与我们一起，分享河水带来的丝丝凉爽。在我们汉中，朱鹮是神奇的吉祥鸟。它们飞到哪儿，哪儿就有喜事，哪儿就会洋溢笑声。悠悠的堰河水，在暑期，被我们的笑声包围了。河水里，河岸边，尽是脚印、笑声、喊声。更让我们欢喜的是，有朱鹮加入，我们一起共舞。

快乐也是一条河流，在我们的心里流淌。快乐的歌声在水面上回荡，似有风琴声响起，有几只朱鹮在跳舞。世上有两条河流，一个在地上流，一个在我们体内流。在快乐的假期里，两条河相遇了。我们跳进河里抓鱼，体内的河流变成了小溪。在我们的心里，堰河是宽阔的无边无际的汉江，我们是一条一条的小溪。汇入堰河，是我们最快乐的时光。

瘦竿是大班长，举着竹棍，喊叫着，奔跑在河边，一会东一会西，时刻不忘指挥听话的我们。暑期里，他更快乐。

一到开学，瘦竿不高兴了，因为他不喜欢上学。

他个头比我们高一头，长得很瘦很细，像一根竹竿。他学习成绩不好，作业以抄为主。上课，他的目光不在黑板上，直向窗外张望。老师们的批评名单里，他永远是第一名。为此，他很骄傲，算是得了第一。

老师们多次批评他，希望他做作业态度认真，给他讲学习的重要性。他听，却只当耳边风。次数多了，老师也没脾气了。

一次语文课堂上，老师叫他背课文。他摇头。

老师叹气，说："赖舍文，你呀，连文都舍了，学啥习？你是来学校混世事的！上课听天书，回答问题瞪白眼！你呀，干脆叫瘦竿得了。细瘦的一根竹竿，到底还算实用的，不说做家具木器了，就算做个套鸟的用具，也没白长了大个子！"同学们纷纷埋下头，偷偷笑。

瘦竿的外号，这样产生了。

以瘦竿在我们眼中的地位，谁敢叫他外号？是他自己说："这个名好，以后就叫瘦竿！咋啦，比胖豆好听多了！"

胖豆是我的名字，而且是大名。

清楚记得，上小学第一天，班主任点名，念到白胖豆，全班大笑。我羞死了，头抵在桌面上，恨不得钻出个洞来，藏身隐去。那种感觉，说不出来，很难受。

年轻的语文老师点了三遍名，一声比一声高。我从座位上慢腾腾站起来，头垂着，做错了事似的。老师似乎明白我的感受，说："这个名好，名副其实，长得又白又胖，脑袋圆得如一粒刚剥开的新鲜的黄豆。白胖豆,我记住了。这名好!"

语文老师这么说,数学老师也这么说。

我的名字在全班同学中,第一个被老师们记住了。

上课,不管哪位老师提问,第一个叫我:"白胖豆,你来回答。"

我站起来,回答。上课,我必须认真听讲,预备好,等待老师提问。

说心里话,我也有委屈。班上同学时常取笑我,取笑的方式很简单,对着我,如盯一颗刚从菜缸里冒出来的黄豆芽,一副新奇又好玩的神情。他们双眼一眯,嘴巴一咧,嘿嘿一声,变了腔调,故意用尖细的声音叫:"白——胖——豆!"

我的心呀,针扎似的难受。那副表情,那种腔调,那怪怪的一笑,简直把我当马戏团的小丑一般待了,我真想甩拳上去狠揍几下,以解心中恶气。特别是那嘿嘿一声,似笑非笑,如喉咙卡了一团丝绒,气息受到阻塞,更像大风吹着破旧的窗纱似的,想破,却破不了,呼呼噜噜,可怜的气流从鼻腔一点点地挤逃出来,很艰难,很不易。我听着,替同学着急,真怕他们闭气。我气恼,又担心,如果同学稍有不慎闭气了,我能脱得了干系吗?莫名地,我的担心演变成了怜悯。我压住了生气,紧闭了唇,两条胳膊绞在胸前,装作若无其事的样子。

奇怪了，可能是因为我不在乎的态度，他们渐渐不再取笑我了。也可能，他们觉得无聊和乏味吧，像一个耍猴人和猴子。耍，需要双方配合。人和猴子配合好，才叫耍成功了。猴子不配合，人一个吆喝，耍就是失败的，更不会吸引别人来围观。在镇上，我见过耍猴，明白这个道理。我也讨厌耍猴的人，以人的强大和贪婪，耍弄一只可怜的小猴，吸引众人来围观。耍猴，还不是为了赚钱？拿猴子当挣钱工具，人真坏。猴子的家园在山林，吃野果，喝山泉，与山石为伴，又不干扰人类，人为啥要捉了来耍呢？我不明白。听老师讲，人是由猿猴经过很长很长时间变来的。我的理解，猿猴也是猴，人是由猴变来的。人和猴是啥关系？还要耍？我的疑惑，自然课老师解答不了。他瞪大眼睛望着我，似乎我是一只小猴，问一只老猴难以回答的问题，把老猴给难住了。

同学们像耍猴人，取笑我，戏耍我，赚的不是货真价实的钱，而是我受辱后的当众难堪。我能咋办？干脆装个傻子，看不懂，听不懂，让耍，让赚，让热闹吧。让一切，统统失败吧。我别无选择，只能这样了。

这件事后，我和同学们保持了距离。同学便是同学，一样来教室上课，我不与谁亲近，也不与谁争吵。

瘦竿是个例外，主动和我成了伙伴。用他的话讲，他瘦高，我矮胖，天造地设的一对，必须是好伙伴。他强调，好伙伴，好有好的照顾，好有好的方式。

我听着，笑了一下。

他问："你笑啥？"

我说："你这话从哪儿学来的，从大人结婚仪式上学来的吧？"

他脸红了，用恼怒的语气说："你个小胖头，胖豆子，你懂个屎香还是屁臭！"

我说："我是不懂屎香屁臭，瘦竿你听着，好有好的照顾，我会用我的方式表达我的照顾。"

瘦竿一跺脚，高兴地说："对，这就对了呀！"

自那以后，我把作业完成后，朝瘦竿一望。瘦竿立马明白我的意思，一伸手，我递过去。他不费半点脑子，原样照抄。我作业正确，我俩作业本上全是大红喜色，笑弯了的一张张嘴巴。我作业错了，俩人本子上都是让人触目惊心的红叉，上酷刑似的，血淋淋得可怕。瘦竿不做作业，还要求我不准错。

他说："胖豆，作业不准错，我不喜红叉。"

我说："我咋能保证每次全对，你不喜欢，我喜欢？"

红叉，我最初的感受和认识，是在教堂。

几个村子的交界处，矗立着一座教堂，上面有十字架。这座教堂很古老，像一棵皮糙肉厚的老槐树。我听村子老人们讲，这教堂有四百多年历史了。一到周末，有些老人便去教堂礼拜。老人们来自四面八方，有生病的，有健康的，有残疾的。

记得一次课后，我问语文老师："为啥有教堂？"

老师说："三言两语说不清。胖豆呀，好好学习，长大了，就知道了。"

那天，放学回家路上，一只鸟儿落在我肩上，告诉我，今天带我去一个神秘的地方，一路直走。我听鸟儿的话，进了教堂。

老罗（老罗的洋名叫保罗，村子人习惯叫他老罗）一见我，露出微笑。

我见他可亲，指着最高处的十字架，问："为啥放个十字叉？"

老罗望着我，说："你长大以后会知道的，好孩子。"

我点头，满脑子的迷茫和疑惑：老师和老罗怎么说一样的话？我以后长大了，会懂这些吗？

我出了教堂，鸟儿又飞来，轻轻落在我肩上，懂我心事似的，不说一句话，给我一路唱歌，送我到了村口"旧州铺"大匾下。我望着鸟儿，想说什么，说不出来。鸟儿说："白胖豆，你是可爱的白胖豆，回家去吧。"说完，扇动小巧的翅膀，飞走了。

我不懂教堂高处为啥有十字架，可我的作业本上，再没有了斜侧的红叉。我认真做作业，希望以后长大了，解我心头积攒的疑惑。瘦竿呢，很高兴，抄作业放心了，直夸我。在瘦竿看来，我听从了他的话。他不喜欢我作业出错，我便不错了。

后来，因为"河人桥"是不是祖先的话题，我俩关系僵了。关系不好了，我不再让他抄作业。他是好强争胜的人，不会向我低头，更不会拉下脸面来要作业。是毛蛋，接替了我。

如今，我俩和好了，抄作业的事，又继续进行。

眼下，寻找八哥，成了我和瘦竿放学后的事情。

在学校，我依然上课认真听讲。寻找八哥的事，一点儿不影响我上课。从小学一年级开始，到现在四年级，我一直保持认真听讲，课后认真完成作业。我的学习成绩，一直遥遥领先。因为，我有太多的疑惑和不解，老师让我好好学习，长大以后，才能知道。我听老师的，好好学习，希望快点长大。

我学习好，爸爸妈妈很骄傲。

爸爸拍着胸脯，啧啧夸耀："我家的白胖豆，真是天上掉下来的又白又胖的豆子，入地就发芽，优秀地生长，龟儿子给老子争气哩！"

妈妈不服气，嘴一扭，拿食指点着我爸爸，柔声细语地说："你臭美个啥子哟，你白家几代全是目不识丁的睁眼瞎，哪有个读书的种子哟？还不是沾了我刘家的脉气，我祖爷爷是举人哩！"

爸爸大笑，说："你祖爷爷是刘家的举人，我儿子以后中了进士，进士可是我白家的人！你嫁到旧州铺来，我们村可是出了读书人的好地方哩！"

妈妈气得鼓眼,爸爸一把抱起我,举过头顶,哟嗬嗬不止。我听到刘家出了举人,却不明白举人是啥。

我问爸爸:"举人是啥?"

妈妈答:"是读书人,和彭龄儒师一样的人。"

爸爸说:"你们刘家有眼力,知道旧州铺好,同意你嫁来。"

我问:"那为啥没人说刘家的举人,只说彭儒师?"

妈妈不吭声了,没想到我问这问题。

爸爸说:"估计呀,彭儒师给皇上的儿子上过课,大家记得牢。"

妈妈摇头,说:"不是的,彭儒师更有文化,到处讲学,必须承认。"

我惊奇了,问:"妈妈,你咋知道的?"

妈妈说:"祖上传下来的话,是真话,仰慕彭儒师哩。娃儿啊,要好好学习。"

原来妈妈的祖先是刘举人,是和彭儒师一样的读书人。我不知举人是啥样,也不会再问语文老师了。能知道彭儒师的人,肯定也是优秀的读书人。

课堂上,我更加认真听讲了,想将来当个刘举人一样的人,给白家争光。到了四年级,我仍是课堂上被提问的重点。老师一叫我,我站起来,不管语文还是数学,答案脱口而出。老师们夸奖我学习用心,让同学们向我学习,还说我的名字取得好，有潜力，有希望，有意义。

课间休息时，我快速做完了作业。作业很少，数学两道题，我几分钟就搞定了。语文是背诵课文，记生词，我念了两遍，背过了，生词也记住了。下午的两节自习课，我的任务是预习下一堂课学习内容，瘦竿的任务是抄我的作业，同学们的任务是做老师布置的作业。教室安静，只有纸张在翻动，发出沙沙的轻响。同学们埋头在忙，如镇上街道安排就绪的一排排摊位，每个人在自己位置上，忙自己的事，互不打扰。

放学的钟声响了，如巨石落在深潭里，咚一声，在校园上空回荡。我背着书包前面走，瘦竿紧跟着我。我来不及向敲钟爷爷问候一声，已被人流拥着走出了校门，扑向了田野。时间完全属于我们了！好似被圈了一天，终于解开缰绳的狗娃们，撒开四蹄，任性张狂了。同学们喊着叫着，把书包扔上天空，再接住，再扔，再接住，一心一意地玩耍，想怎么玩，就怎么玩，尽由着心情了。

我和瘦竿在校外转悠，商量着去哪儿寻八哥。

围墙的边上，有两棵高大的梧桐，上面雀儿聚集，叽叽喳喳。我听到了雀儿们在讨论啥：好不易逃脱了农人扔打的石头，谷粒没偷着，差点没了命。逃回到树上家园，不停咒怨，发泄不满。不时地，有雀蛋落下来，一声接一声。不一会儿，稀里哗啦，地面成了黑白掺杂的稀屎滩。我明白雀儿们既怕又气的心情，逃命后的紧张，让屎和尿失禁了，又见树下有人，便使劲地倾倒肚子里的怨愤。

瘦竿抬头，手搭凉棚，以防屎掉在脸上，说："树上是些啥鸟呀，吃多了，不停地拉屎。有一只八哥掉下来该多好。"

我没告诉他树上是些啥鸟儿，更不会告诉他我听到了啥话。我说："八哥不来这儿，太吵了。你看，同学太多了，跑来跑去的，树上的鸟儿们嫌嘈杂。"

瘦竿嘴一撇，说："鸟儿懂个屁，嘈杂？你听，它们在树上嘈杂，还拉屎。"

我说："八哥不会来这儿，走吧，别在这儿转悠了。"

瘦竿说："我做梦都想八哥，你说怪不怪？"

我说："不怪。我妈说了，白天想啥，晚上会梦到啥。"

不经意的闲聊中，不约而同地，我俩寻思了一个好地方。

瘦竿击掌说："那里一定有八哥！"

我说："咱先去瞅瞅。"

我俩改了往日回家的路线，快步朝另一个方向去了。

三

我俩到了定军山,在山林里转圈。

太阳自在地蹲在山头,通身发红。艳艳的光,晕染了整座山梁。林子里,鸟儿很多,有的在枝间穿梭,有的站在枝条上唱歌,有的挤一起交头接耳。这里是鸟儿的天堂。光线从叶隙穿过来,一片片绿叶泛着红光,就连石头也穿上粉红的纱衣,粗壮枯糙的树干也像抹了一层柔和的油脂。鸟儿们开始表演了,五光十色的翅膀轻轻一扇,精巧的剪影画出一弯一弯的弧线,是白色与蓝色互映的光环。这里也是光与影组成的神奇世界。

定军山是名山。

名山,是因为有名人——诸葛亮。定军山有名不仅因为名人,还因为它是兵家必争之地。站在山腰上,环顾,连绵的十二座山峰,秀峰圆隆又丰润,自西向东,如一串串弹跳的碧玉珍珠,绵延不断。远处,一条宽阔如软绸的河流缓缓东去,是汉江。汉江在勉县一段,当地人叫汉江河。站在山上，才能看到远处的汉江河，才能看到更远更远的地方。它在我的脚下了，小小的我，感觉像在空中飞翔。平时，从家里到学校，有树林、河流、沙地、田野，却没这样奇妙的感觉。我还知道，就在山脚下，卧着一座苍松翠竹环抱着的武侯墓。课堂上，老师给我们讲过，定军山是三国时的主战场，谁得了定军山，就得了汉中，也就得了天下。当时我一听，惊喜得无法形容，差点儿从凳子上跳起来。啊，在美丽的汉江旁边，我的家乡勉县，有一座山叫定军山，谁得了它就得了天下，就成为皇上。一提皇上，我又想到彭儒师，他小时候，像我这样年纪时，也来爬定军山，也会激动不已？

瘦竿戳我胳膊，问："你说这地方有八哥吧？"

我回过神来，点点头，又摇摇头。我的心情，我的想法，我的感受，不会给他说的。我知道他是啥人，对这些不感兴趣。我若说了，他会嘲笑我，就像以前说"河人桥"是祖先的结局一样，成为他的笑柄，还会被他四处传播。

我说："你没看见我正在四下寻呢？要慢慢寻，急不得。"

我朝云团似的树梢望去，伸长了耳朵，耳膜响了，听力放大了。我睁大了眼睛，距离拉长，视野放大了。用耳辨别，用眼观察，鸟声和风声，光和影，所有的迹象，我能看见，也能听见。我成了大自然的一分子，如一片小树叶，紧贴在鸟儿身边，看鸟儿可爱的眼睛和嘴巴。

瘦竿看不见鸟，也不听鸟鸣。他眼里没有美景，他只顾看着我，很急切的目光，希望我有惊喜的发现——寻到八哥。

他说："胖豆，这地方应该有八哥吧？"

我闭上眼，说："这是诸葛亮选的地方，屯兵种田，很隐秘。老师说了，咱这儿是三国时蜀地，刘备的地盘。八哥害怕诸葛亮呢，估计不敢待这儿。"

瘦竿说："八哥应该待这儿，安全，有诸葛亮保护。"

我指着不远处的青铜塑像，说："瘦竿你看，这儿打过仗，那是夏侯渊的塑像。还有，那边是黄忠的塑像。打过仗的地方，有血，八哥不喜欢。"

瘦竿唉声说："胡说啥呢，八哥又不是人，还怕被杀了？"

我不吱声，举头，望着一棵很高很粗的橡树，杈上卧着一个精致的小巢。我可以肯定地说，这是八哥的家。我也可以确切地说，小八哥已经出生了。

瘦竿顺着我的目光，探问："咋个了，是八哥吗？"

我摇头，向前走了。

他追上来，问："还没寻到？咋个办呀？"

我边走边答："急不得，慢慢寻吧。八哥不是乌鸦，可不好寻的。"

我逃跑似的走，走得很快，近乎是跑了。他追着我，边小跑，边发怨。

到了两个村子的分岔口，我停住步子。一路上，瘦竿不停发怨。见我停下,他也停下,喘气,跺脚。我甩了一把汗,用力甩出去。瘦竿连忙躲开,不满意地皱几下眉。我清楚,以他天不怕地不怕的霸王脾气,能这样忍我,是很不容易的。说到底,为了寻八哥,他可以忍受我的偶尔冒犯。

忍受归忍受,他到底是瘦竿。

他用不满的语气对我说:"死胖豆,走得这么急的,去吃屎呀!"

我说:"没找到,心情不好。"

他说:"听说你是神眼神耳,我是信还是不信?咋个办?"

我说:"我是个普通人,那是胡说八道的。咋个办?咱继续寻吧。"

他咬牙说:"寻不到八哥,我睡不着觉啊!"

我问:"为啥要寻八哥?啥原因?"

他说:"八哥会说话,我好奇嘛。"

我说:"你寻到八哥能干啥?小八哥不好养,养大了才能说话。"

他双眼迸出一道光,挺真诚的,发誓地说:"寻找了,我一定好好养。"

我想,一个人喜欢八哥到这地步,跑前跑后地寻找,是真心爱八哥。

有一位老人告诉过我,养鸟,要善良,要有耐心,更要有爱心。两年前，爸爸带我去勉县城里。那是我第一次进城，满眼都是新奇，不停地四处望。

爸爸买了几样农具，问我："胖豆啊，想去哪儿玩，想看啥子？"

我说："想看汉江河。"

爸爸说："好哩。"

我们到了汉江边，江边人很多，来来往往。江风吹过来，痒痒的，很像我赤脚站在沙地里的感觉。不过，我不想笑。堰河的水，流进了汉江河。如果汉江河岸有一片沙地，有人赤脚站里面，沙子也一定会挠人的脚心，让人笑个不停。江风一阵阵地吹来，很温柔，抚摸着我的脸、我的头。突然，我闻到一股馨香，浓郁的栀子花香，是从远处的高楼里传过来的。我想给爸爸说，咬了唇，没说。我瞅着过往的人，男女老少，个个穿得好，衣服很新，全蹬着皮鞋或球鞋，浑身上下不沾一星儿泥土。还有人拉着小狗，抱着小猫，托着鸟笼。我好奇了，这些狗呀猫呀，好干净，身上的毛顺溜溜的，不摸也能感觉到舒服的光滑，更没一星儿土。我发现，城里的一切，与乡下最大的区别，是不沾一点儿尘土。脚下的大地，是青砖和水泥铺的。远处的高楼，是水泥、钢筋、玻璃筑成的。楼很高很远，明晃晃的光射过来，却很近，很耀眼。

爸爸小声说："胖豆你看看，城市人就这样生活的。"

我好奇又羡慕，不自觉地低下头，看布鞋面上的一层尘土，咬了咬嘴唇。望着宽阔的汉江河，想到了语文老师讲的话，仿佛找到了长久以来不解的答案。

阳光下，江面波光闪闪，好似装满了一江的银鱼，挨挨挤挤，有大有小，活蹦乱跳。水面很宽阔，令我畏惧，我不由缩回一步。看着浩大汉江，我想到了长江，真不敢想象，那长江的水势何样的惊心动魄！那东海呢？我的小脑瓜呀，装满了水，从堰河到汉江，一直浩浩荡荡流到东海去了。

爸爸问我："咋了，不说话？"

我问："爸爸，汉江的水啥时能到长江？"

爸爸说："到了武汉汉口，就汇入长江了。"

我问："武汉是啥地方？"

爸爸说："是个大城市，很大很壮观的大城市。"

我第一次知道了，有个叫武汉的大城市。

爸爸说："咱们西安，是世界上最漂亮的大城市，西安是咱陕西的省会。"

我问："爸爸，你去过西安吗？"

爸爸说："年轻时去过，只去过一次。我们汉中呀，封闭又隔离，离哪个城市都远，出门很不方便。去西安的话，要翻越大秦岭，坐整整一晚上火车。"

我高兴了，说："就是咱们村后的绿皮火车吗？我经常见呢，呼呼呼地跑，呜呜呜地叫，很长很长。"我伸出双臂，做了个丈量长度的姿势。

爸爸点头，说："胖豆要好好念书，争个气，将来当个城市人。一定要翻过秦岭，去西安上大学。西安的大学可是多哟！"

我用力点点头，发誓似的说："我好好学习，一定去西安读大学！"

爸爸听到我的回答，眼眶湿润了，亲昵地摸我的头。忽然，几只朱鹮从水面划过，做了个非常漂亮的起飞姿势。所有的人驻足观看。

有个穿裙子的小姑娘喊："朱鹮！"

它身边的一位白发老人说："朱鹮是秦岭的四宝之一，全中国，就咱汉中有朱鹮。"

小姑娘拍手，一脸自豪。

老人问："乖孙女，记住秦岭四宝了吗？"

小姑娘说："朱鹮、大熊猫、金丝猴、羚牛。"

老人夸奖："聪明，好！"

我听着他们的对话，第一次知道了秦岭四宝，第一次知道了独一无二的朱鹮在汉中。我也高兴了，朝爸爸笑。爸爸也笑，牵起我的手，往前走。

这时，一群白鹭排着漂亮的队形，从江上飞过，轻轻落在江边一块空地上，舒展地拍着翅膀。蓝天下，洁白的鹭，清澈的水，飞扬的柳丝，远处高低不等的楼房，一幅美丽的城市图画好像展现在我的眼前。

爸爸说:"汉中市比勉县还大还美,以后有机会,爸爸带你去看看。"

我问:"汉中市有朱鹮和白鹭吗?"

爸爸说:"汉中境内每个县都有白鹭,朱鹮不一定都有。"

我问:"为啥?"

爸爸说:"气候不同,越是珍贵的物种,对环境要求越高。朱鹮主要住在山水宜人的洋县,勉县也有,却没洋县多。大熊猫只佛坪县有,别的县没有。"

我明白了。我说:"咱勉县有堰河,别的县没有。"

爸爸笑了,说:"像堰河这样的小河,汉中各县都有,流到汉江里了。略阳县境内的嘉陵江,是直接流入长江。"

我问:"略阳县在哪儿?"

爸爸说:"不远,紧挨着勉县的西北边。"

我俩说着话,走过了一片草地。一阵清脆的鸟鸣声传来,我停下了步子。不远处的几棵柳树上,挂着几个好看的鸟笼,小巧的鸟儿在笼子里跳跃,高兴地叫着。我快步走过去,一个一个看,问候它们。鸟儿对我说话,边说边跳,遇到好朋友似的。我能听懂,用笑声和眼神应答。

一个穿着灰色中山装的老人过来,温和地问我:"小娃儿,你知道这是啥鸟?"

我说:"画眉。"

他笑了，说："不错，是画眉。"

我指着其他鸟儿，一一报了名字。

"你挺厉害啊，懂鸟儿。"老人吃惊地说，又指着一只黑色的鸟儿，问，"这是什么鸟？"

我说："八哥。"

笼子里的八哥朝我说："你好，春眠不觉晓。"

我说："早听说八哥会说话，今天头一次听到，还会背古诗，真好玩。"

老人说："八哥长到一定时候，给舌头做个小手术，才会说话，不是天生能说话。"

我皱了眉头，说："做手术疼吗？"

老人说："不疼，一点点捻舌。"

好几个穿着中山装的老人围过来，双手背在后面，看着我，微笑。我明白了，这些鸟儿，全是他们笼养的。我看向爸爸，想知道爸爸什么反应。

爸爸说："八哥命苦哟，好端端的鸟儿，自由自在地生长，非得挨刀，替人去说话，真造孽哟。"

老人们头一偏，一脸不悦。

那个穿灰色中山装的老人轻轻摇头，说："不是的，不是那回事。养鸟，要善良，要有耐心，更要有爱心。鸟儿的潜能，也需要发掘嘛。像八哥，不做捻舌，咋能背诵古诗？八哥，是神鸟，离了人，神气出不来。"

我点头。爸爸不太高兴，牵起我的手，离开了。

那次后，我懂了八哥是什么鸟儿，也懂了养鸟更要有爱心。

瘦竿见我发愣，大声说："胖豆你咋啦？不相信我吗，我一定好好养！"

我思绪转回来，半信半疑地点头，朝他摆摆手，回家去了。

晚上，我坐在爸爸对面，看着他收拾门板。爸爸一手拿着钉锤，一手拿板子，忙个不停。妈妈坐在旁边，一针一线地纳着鞋底。

我问："爸爸，你说该不该养八哥？"

爸爸望一眼我，朗声说："该养，要善养，当家人一样养。只玩，就不要养。"

我又问："如果给八哥舌头做手术，是不是做坏事？是造孽？"

爸爸笑着说："世间的鸟儿多了，能说话的，极少，能开发出潜能，与人和平共处，和人成为好朋友，是好事，不算造孽。如果让八哥替人说话，去做买卖，就是做坏事，是造孽。"

妈妈说："对的。有些人靠鸟儿赚钱，跟耍猴一样，是造孽。胖豆呀，该睡觉了，明儿一早上学，可不能迟到哟。"

我说："我很讨厌耍猴的人，太坏了。"说完，我去了屋里，睡下了。思考着爸爸妈妈的话，想着穿灰色中山装的老人，还有瘦竿，进入了梦乡……

睡梦中，一只可爱的八哥飞进了窗子，浑身透亮，如一块黑金石，落到我床前。四周是飞舞的各色蝴蝶，各种蜜蜂，数不清。

八哥轻轻地啄我的鼻尖，小声说："白胖豆，我喜欢你，愿意和你交朋友。"

不知咋的，我流下了眼泪，说："我不想造孽，不想给你做手术，怕你疼。"

蝴蝶上下翻飞，跳着漂亮的队形舞，蜜蜂也嗡嗡着，摆开了奇异的阵势。

八哥说："没事的，我喜欢你，想和你成为好朋友，你教我背诗，人类的许多诗篇是赞美大自然风光的。我们所有鸟儿都是属于大自然的，和人类一样。白胖豆，我们属于大自然。咱们一起歌唱，一起赞美，一起分享大自然的美好。"

我说："我不想让你挨刀子，我怕你疼，我不要你背诗。回大自然中去自由自在地生活。"

八哥轻轻啄我的脸蛋，说："患难见真情，好朋友需要患难，才能认识彼此的本性。我喜欢你，善良的白胖豆。"

我说："快回树林去，瘦竿拉我到处寻你。我故意说寻不见你，其实我知道你在哪儿。我一进树林，就闻到了你的气息，听到了你的声音，看到了你的身影。"

八哥说:"我知道,我们都知道,我们感激善良的白胖豆。"

我说:"你回林子去,那儿是你的家,我不会寻你的。"

八哥说:"不,我要你寻见我,我要和你成为好朋友,咱们一起朗诵李白、杜甫的诗,好吗?"

我哭了,一把抱住八哥,说:"我非常喜欢你,我的朋友,但是我更喜欢你自由自在地在林子里歌唱飞翔,那儿才是你的家园。"

八哥说:"可我喜欢你,记着来寻我,我等着你。"说完,八哥不见了,蝴蝶和蜜蜂摆成一条漂亮的曲线,渐渐消失了。我哭了,哭得很伤心,不知是八哥走了伤心,还是因它要和我交朋友伤心,我放声大哭。

"胖豆,你醒醒,醒醒!"妈妈摇醒了我。

我睁开眼,哽咽着,身子颤抖。

妈妈抱紧我说:"做噩梦了?别怕,我在你身边。"

我说:"我梦见了一只八哥。"

妈妈抚摸着我的头,温柔地说:"这是个好梦,梦见鸟儿,说明咱家胖豆是个善良可爱的孩子。"

我把八哥的话给妈妈学了一遍。

妈妈说:"你天生和鸟儿有缘,通鸟性,懂鸟语,养一只八哥也挺好呀。"

我哽咽着,在妈妈怀里迷迷糊糊睡着了。

第二天，上学路上，我遇到了瘦竿。

他站在桥上，望着河面。一见我，他说："胖豆，我早来了，专门等你。"

我问："为啥等我？"

他眼圈发黑，拉着哭腔说："我一晚睡不着，不停翻身，想八哥呀，咋个办？"

我想说梦里的事，嘴唇动了动，咽回去了。我不想把心里话对他讲。瘦竿这人，可以和他做伙伴，但我对他还不太信任。因为他爱逞强，太要脸面。

他说："白胖豆，咋个办？大家都说你是神眼神耳，你能不能用心寻八哥呀？"

我说："我和你一块儿寻的，四处跑，没有寻到，我也不知咋个办。"

瘦竿说："咱俩今天不上学了，一整天寻八哥，咋个样？"

我朝树林走去，说："那可不行，必须先上学！"

我走入清晨的林子，鸟鸣啾啾。我边走，边听，边望。百灵鸟、画眉、黄鹂、喜鹊、布谷……一个个向我打招呼。我向它们点头问好。呼啦一声，它们飞起来了，在枝丫间来回跳跃。

每天早上，我的第一批朋友，是林子里的鸟儿们。我一出现，它们齐声欢唱，夹道欢迎我。自我上学以来，一直这样。只是今天，我身边多了瘦竿。我只能向它们点头示意，不似往常那般和它们相互问候、对话，一起跳跃，一起面对旭日，共同迎接新的一天到来。

瘦竿捂住耳朵，一脸烦躁，说："林子里鸟太多，轰炸机一样，真是吵死人啦！快跑！"说着，他摁严实双耳，顺着蛇行小径快步跑去。

我走在他后面，盯着他逃窜似的背影，不舒服。

我清清楚楚地看到，他从一个八哥的巢下跑过去了。

那个巢，卧在一棵大槐树的枝杈间。从巢的形态看，八哥垒巢已经有两个月了。每天，我从这儿经过，关注这个八哥巢有一段时间了。

瘦竿就这样跑过去了，干脆利索地，疯了似的跑过去了。

四

我和瘦竿继续寻八哥。

瘦竿表现出了极大的耐心，对我几乎百依百顺。

我再三问他："为啥非得寻八哥？"

他回答："喜欢！很喜欢！非常喜欢！"

我思考了一阵子，晚上在梦里，也和八哥对话了很多次。在八哥的鼓励下，也在爸爸的支持下，我决定尝试一次，给自己一次表达善良真诚的机会，给自己与大自然精灵相处的机会，给自己体验生命培养过程的机会。就像面对堰河，面对木桥，面对祖先，给自己一次真实感受的机会。

我天生就知道，我们人类、树木、河流、桥全是大自然的一分子，但也只是知道，体验过程还远远不够。

梦里，八哥告诉我："那个敲钟老人，是军人，打过仗。学校给他付很少的工钱，他不嫌少，喜欢敲钟。"

我点头，不太明白八哥的话。冥冥中，我感受到了神圣的东西。

听了八哥的话，白天在学校，我见了敲钟的老人，特意关注他。我眼见他用心地敲钟。咚！咚！咚！每一次撞击，悠远的钟声，在校园上空回荡，如潭水的涟漪，一圈一圈，向遥远的地方扩散而去。我的心震颤了，如我震颤于河人桥是我的祖先那样。

他微笑，说："白胖豆，快进教室，上课啦。"

我喊一声："爷爷好。"快步朝教室跑去。

数学老师已经上了讲台，一侧头，问我："白胖豆，怎么迟到了？"

我老老实实地回答："看爷爷敲钟。"

全班同学大笑，有的同学发出怪异的笑声，特别脆响。

数学老师轻微拧眉，顷刻化为微笑，对我说："好，回座位去。"

我感激老师的微笑，那是对我的肯定，也是对同学们笑声的反感。这堂课，我听得特别认真。数学老师姓马，用语文老师的话讲，马老师热爱教学，有知识，开朗热情。我也很喜欢他。他充满朝气活力，像菜园子里结出的大黄瓜和西红柿，纯净，清新，带着亲近的泥土气息。"马老师满身的书生气！"这也是语文老师公开评价的话。他的数学课，生动有趣。对我们的作业，他批得很认真。

瘦竿不喜欢他，也不喜欢他的课。他捣乱课堂，不听讲，还打扰别的同学听课。马老师制止几次，他不听。马老师毫不留情地当众批评他，语气比较严厉。瘦竿在全班同学面前失了脸面，心怀不满，便在背后骂马老师爱管闲事，还用狠话咒他。

我制止："不准你这样骂人，我喜欢马老师！"

瘦竿说："马老师为啥喜欢你白胖豆，因为他谈了个新媳妇，长得很像你白胖豆，一模一样的，又白又胖，圆圆的，像一颗大土豆！"他说着，用手比画土豆。

我瞪着瘦竿，生气地说："如果你再骂老师一句，再不让你抄数学作业了！"

瘦竿眼珠子滚动，住了嘴。

下课后，马老师叫我去他办公室。

瘦竿朝我挤眼，意思是说："你不是喜欢马老师吗，这下等着挨骂吧。"

马老师和我边走边聊，问："胖豆，你为啥看敲钟？"

我说："我感觉爷爷敲钟的姿势像堰河上的桥，一晃一晃。钟声响起来像石头落进了堰河深处，咚咚的声音很好听。"

他看着我，目光里爬满了吃惊的小蝌蚪，游呀游呀，拼力游向我。小蝌蚪们带着同个问题，1+1是不是等于2？是不是？我，我说错话了？小蝌蚪钻入我的身体，我的心坎又痒痒又难受，慌乱了。

他看出我的不安，笑了，说："白胖豆，你说得对！爷爷是军人，打过仗，立过不少战功，是大功臣，是我们的保护神，是我们的骄傲！"

我问："他也是咱们的祖先对不对？"

他愣了，吸口气，眨巴眼，没想到我问这个问题。他不停眨巴眼，不明白我在说什么。我望着他，被他眨巴眼的愣样逗笑了。我的笑感染了他，他也笑了。

他若有所思地说："对！他是咱们的祖先！不止他一个，是他们一类人，从古到今，多少仁人志士怀着满腔的济世情怀，抛头颅，洒鲜血，以身殉道，护佑着多灾多难的中华民族。一步一步，我们民族走到今天。当然，他们都是咱们的祖先，他也是其中一位。"

这个回答，我很满意。腾地，我的脸红了，是兴奋的红，热血滚烫，涌遍全身。我以前那种震颤的体会，现在被马老师认可了，非常认可！我使劲地点头，带着激动和感动，仿佛等待了很久的一道彩虹，突然在天边出现了。我必须虔诚地望着，这突然的彩虹，合了我的心意，却是一种期盼很久的得到。

他轻拍我的肩膀，郑重地说："白胖豆，你要好好念书，将来一定要考上大学！"

我应一声，发誓似的重重点头。登时，我幼小的肩膀一沉，承载了重量似的，不只是他的轻拍，还有说不清的东西。这时，我看见不远处，一个又白又胖的女子朝他招手。他也看见了，笑了，笑得很甜蜜，双眼闪着光彩。我想，她一定是他的新媳妇,长得真好看呀,像刚出锅的馒头,飘着香味儿。

刚好,上课铃响了。

我朝他一笑,说:"马老师,我要上课了。"转身,朝教室跑去。

放学铃声响了,我收拾好书包,刚从座位上站起来,发现瘦竿站在旁边,朝我笑。他咧嘴笑的样子,真难看。我背好书包,我们两个并排出了教室。

他迫不及待地问我:"他骂你了吧?你还不许我骂他!"

"他表扬我了!"我带着警告的语气,"以后,坚决不许再骂他!再骂,不让你抄作业。"我说这话是有底气的,抄作业是一个理由,寻八哥才真正是我的一把尚方宝剑,足以唬住他。

瘦竿努努嘴,我看出他不悦了。他不敢翻脸,抄作业是一个原因,主要是还有寻八哥的事。如果不是寻八哥,他肯定会收拾我的,会联合所有的同学对付我,又让我成为一个孤零零的被排斥的被嘲讽的白胖豆。抄作业这事,难不住他,有毛蛋。我清楚他是啥人,摸准了他的心思,才敢以警告的语气跟他说话。

他一反常态,把手朝我肩上一搭,说:"好,不骂就不骂。他呀,也不配我骂。不说他了,说了惹我心烦。走,胖豆,咱寻八哥去!"

我表现出不理不睬的神情，目光投向了别处。我在暗示，白胖豆可以被他欺负，被他孤立，被他讥笑，但白胖豆也有生气的时候。

瘦竿说："他叫你，肯定是骂你的。看看，你噘着嘴生气，一定是挨骂了。"

我说："谁骂他，我就生谁气！"

他说："好了好了，为了他生气，划不来。走，咱寻八哥去。"

我们两个走到校门口，看见敲钟老人正扫地。他也看到了我们，不扫了，直起了腰，叫我："白胖豆，放学了快回家去啊。"

我应了一声，说："爷爷好。"我朝他摆摆手，和瘦竿出了校门。

瘦竿踢了一块石子，说："这老头，蛮有意思的。"

我问："你想骂他？"

瘦竿说："我才不骂，我喜欢这老头。听说他是英雄人物，我敬佩英雄！"

啊，我高兴地跳起来，一把挽住瘦竿的胳膊。我第一次觉得瘦竿是好伙伴，敬佩英雄的瘦竿，才是白胖豆的好朋友啊。

我说："走，咱寻八哥去！"

我心情好，又哼起了歌，瘦竿也伴随我哼。第一次，我和他贴这么近，当他是好朋友了。今天，一定要寻到八哥，把快乐延续下去。我对自己说。

我和瘦竿踏上木桥，桥板随着我俩的脚步，一颤一颤。

我指着河水说："这河水，真像学校的钟声，你来听。"

瘦竿竖起耳朵，朝着河面听，一脸不解，他的态度很认真。他朝我摇摇头，表示没听到，不像以往嘲讽我。我让他再听，他就努力伸长耳朵，还是直摇头。

忽然，一个遥远的声音飘到我的耳边，小声说："胖豆你听，这是一曲童谣，穿过秦岭，穿过定军山，穿过古阳平关，穿过武侯祠，又飘向很遥远的地方去了。这是古代的祖先传下来的一首歌，是五颜六色的云彩，飘呀飘，变幻着各式各样的姿态，很优美，胖豆你听……"

我说："听到了，听到了，很优美！"

瘦竿歪着头，瞅我，说："你在说胡话，胖豆，你说的话，我听不懂。"

我说："真的，你不信？再伸长耳朵听，用心听。"

瘦竿摇头，忽然明白了什么似的，说："哦，我忘了你是神眼神耳。你能听到，是你有神通。我听不到，真的听不到啊。好了好了，你说啥就是啥。"

因他这话，我喜悦。他承认什么不重要，重要的是他说话的语气和态度，与以往完全不一样了。还有一个原因，瘦竿喜欢敲钟老人。是敲钟老人，连接起我和瘦竿。瘦竿也因此，变成了另一个人。我胸中升起一团亮闪闪的火焰，是喜悦，是欢欣，是说不清的庄严感，是向古老的祖先敬礼那种庄严，永远地矗立在秦岭之巅，永远地流淌在汉江河里。

我拉起他的手，说："走，咱寻八哥去。"

快乐的空气推着我们，跑过了桥，离开了河，穿过沙地，钻入树林。

今天的树林，很静，很凉，没有一只鸟儿飞翔和歌唱。我过于喜悦和欢欣，甚至有些疯狂，这使我忽视了异样，没有关注到反常。

瘦竿喘气，说："跑这儿来干啥子么？没有八哥的！"

我拉着他，直直地走到一棵大槐树下，指着树杈上的巢，说："看，八哥。"

瘦竿立马睁圆双眼，露出不相信的神情。他本来脸盘小，眼睛一撑，像一只可怕的狸猫。他问："真的吗？真的吗？你说的是真的吗？"

我说："真的，真的。你个头高，又瘦，适合爬树。你上去，窝里有五只八哥，只能取两只出来，记住没？"

瘦竿高兴地狂叫，一条腿蜷起，单腿转了两个圈，大声说："记住了！"

瘦竿卸了书包，扔地上，像猴子似的，噌噌爬上树去，整个树枝，地震似的摇晃起来。这一刻，我后悔了，不该带瘦竿来捣乱树林，不该来破坏八哥的巢，还要抢走幼小的八哥。猛然，我心口发疼，被利剑刺了一般。我错了，错了，强烈的负罪感笼罩了我。多少个清晨,我背着书包从巢下经过,眼见着八哥垒了巢,有了五只小八哥。眼见小八哥一天一天长大,快乐地成长。然而今天,我亲自带人来,要抢走小八哥,成了小偷。我错了,不想当小偷!

我对瘦竿喊:"算了,咱不要八哥了。你下来!你下来!"

一切都晚了,瘦竿快速爬上树杈,已到了巢边。他大笑,兴奋地摇晃树,用力摇,很得意,正伸头朝巢里看。

我哭了,对他喊:"下来,不要八哥了,下来!你看一眼就行了,快下来!"

瘦竿没回应,像没听见我的话。我眼见着,他的手伸进了巢里。我难过地闭上了眼睛,泪水流了出来。我感受到了,每一片叶子的后面,都隐藏着一张鸟儿的脸,强大的无形的力量聚集为一股怨怒的洪流,向我涌来。我后悔了。鸟儿们愤恨。树林里,剑拔弩张。鸟儿们是一个世界,我和瘦竿是一个世界,两个世界对立着。一道道光线穿过叶隙,浸满凛冽的寒气,逼向我,斥责我:"白胖豆,你怎么变了?你不是好孩子了。你变了,不是我们的朋友了,我们树林和所有鸟儿讨厌你!"

我接受所有指责和怨怼。

当我睁开眼睛的时候,一脸泪水。瘦竿站在我面前,朝我笑。我抹一把泪,泪是抹不完的,不停从体内朝外涌。他满面红光,一副胜利者的姿态,喜上眉梢。他笑着,像个凯旋的勇士，合不拢嘴。他的手上，是两只可爱又可怜的小八哥。他噘嘴，暗示我看小八哥。他的神情，提醒我应该送上表扬。我没理他，朝他手上看。小八哥太小了，如小麻雀一般，很脆弱的生命啊，通身黑色的羽毛，嘴巴和爪子呈黄色。小八哥受到了惊吓，连扇动翅膀的力气也没有，楚楚可怜。它们认出了我，小嘴巴一张一合，乞求："白胖豆，放过我们。"

瘦竿用另一只手抹脸上的汗，说："咋个样，我还可以吧。胖豆，你哭个啥子嘛？我爬树是行家，摔不死的。哎，胖豆，你哭个屁呀，咋跟个女娃子一样，马尿真多！胖豆，你别流马尿啦。看，我取了两只。胖豆，你别哭了！"

我甩把泪，问："一共是五只八哥吧？"

瘦竿说："留下了三只，你说的，只取两只。"

我的心，稍微得了点安慰。我不敢抬头，承受着林间众鸟儿的怒视，自我安慰起来，绝不亏待小八哥，一定把小八哥养好。

我说："咱俩一人一只，细心养护。等养大了，我带你去城里找人，咱一起给八哥做个捻舌，就能教八哥说话了。"

瘦竿惊奇地问："还做手术？咋个回事？"

我说："不要问了，先养，咱俩比赛，看谁把八哥养得好养得胖。待半年后，咱俩比试，咋样？"我不放心瘦竿，用这种方式激他。

瘦竿说："行啊，半年后比试。我的八哥，保准最好最胖，胜过你胖豆的！"

听了瘦竿这话，我的心情又好了些。我抬起头，环顾四周，给树林、鸟儿、阳光，一一送去许诺，一定会把八哥养好。

我说："一言为定！一定要养好养胖！"

我们一人一只，小心翼翼地将小八哥捧在手心里，像捧着夜明珠似的，很用心，唯恐不小心掉在地上摔着了。我捧着八哥，又环顾四周，向树间的所有朋友许诺，养好八哥，一定养好。小八哥离开了树林，做了我和瘦竿的伙伴，保证健康长大。

我对瘦竿说："你发誓，一定把八哥养好。"

瘦竿说："哎呀，胖豆，我发八百个誓言，保证养好！啊呀，终于寻到八哥了，终于能睡安稳觉啦！为了这八哥，我简直快疯了呀！"

不知为啥，听了瘦竿的话，我的心悬了起来。

五

我把八哥带回家,可没窝,咋办?

屋后的干柴草太粗糙,垒个草窝,怕伤了小八哥。竹笼吧,太硬,怕磕了小八哥的筋骨。地上光秃秃的,怕有老鼠或其他动物伤害或吞吃了小八哥。想来想去,找个软和的布料搭窝最合适。

我翻箱倒柜,在衣柜最底层,终于看到合适的布料了。一件红绸棉袄,从没见妈妈穿过,一定是过时了,没用了。我用力拽出来,一抖擞,很软和。

我高兴地喊了几声,得来全不费工夫。棉袄太大,八哥太小,一只袖子足够了。我找出剪子,笨拙地歪歪扭扭地剪下袖子,再笨拙地翻了个窝的造型。

一个柔软的小窝建好了!

我很兴奋,因为是我亲手给八哥造了一个舒适的小窝。很有成就感,这是以前从没有过的感受,我心跳加快,坐也不是,站也不是,兴奋得无所适从了。真的,这比我考试得了一百分还高兴。

待我平复好心情，便想着，这个小窝安放在哪儿合适呢？

放在门外，怕被别的动物叼走了，有风险。还是放在房间里安全，最好放在我床上，让它与我同住同睡。

我为自己的发明惊叹，胖豆真能干呀！

我怀着说不清的喜悦，真是说不清，有成功感，有惊喜感，有关爱感，有沸腾感，太复杂，太多了，只能用说不清三个字来表达了。放好了窝，我捧起小八哥，小心地放进去，再把窝抱到了床上，稳稳地安放在了床角。

小八哥的小身体轻微挪动几下，好像是对新环境不适应，惊恐地缩着身子。

我轻声说："小八哥，你先将就待着，委屈一下。过几天，我给你编个小笼子，最漂亮的小笼子！"

它好像听懂了我的话，缩起脑袋，成了一个可爱的小绒球，不缩身子了。

小八哥进家门的事，我没给爸爸妈妈说。我认为养八哥是我的事，是小事。

直到晚上睡觉时，妈妈到我房间来，看到了床上的红绸棉袄，又看到了我剪下的袖子，脸色大变。她拿起破棉袄，双手颤抖，非常生气。

"你个败家子，好好的棉袄，剪坏了！"

"我给八哥做了个小窝，等我编好笼子，把袖子还你。"

"你个败家子啊,谁让你剪的?猪脑子!"

"不就一件烂棉袄吗?我只剪了个袖子给八哥做窝,你用不着生气。"

妈妈气急败坏,又是跺脚,又是咬牙,眼里冒出的全是火星子,扑扑地,像闪电要电死人的样子。她发着恨声,拿眼光四处搜寻。我吓着了,从来没有见过她这凶相。她在寻小八哥?她一定恨死小八哥了。她若是寻着了,会一把摔死小八哥的。我吓坏了,用身子护住小八哥。

"你滚开,还我袖子!"她声嘶力竭地喊。

我哭了,大喊起来:"我要小八哥,不准杀死它,我要小八哥!"

爸爸扛着米袋子回到家,大声问:"咋的啦?谁杀谁啊?"

我顾不得什么了,撒腿跑到院子,一把抱住爸爸的腰,拉他到我的房间。

爸爸扫了一眼脸色发青的妈妈,吃了一惊,问:"你娘儿俩咋个啦?"

我松开了爸爸的腰,爬上床,护住小八哥,喊:"不要杀小八哥!"

妈妈怒气冲天,像个发凶的狮子,拾起门后的笤帚,一把拉过我,在我屁股上打起来,边打边骂:"你个不知死活的,养活你干啥子哟,败家的东西!"

我大哭,一手捂着屁股,一手拉着爸爸的衣角,围着爸爸转圈。

爸爸一脸的莫名其妙，护住我，对妈妈发脾气了，说："住手，不准打儿子！有啥子话不能好好讲嘛，你发啥子疯？"

妈妈一把丢了笤帚，坐在床沿上，捶胸顿足，哭天抢地。

我实在不理解，不就一只棉袄的袖子吗，她还哭成这样？还气愤成这样？还对我大打出手，也太小气了！

妈妈边哭边拿起红绸棉袄，把剪掉的袖子给爸爸看。爸爸一见，也傻眼了，瞪着我，脸色也变了。我一见此情形，不由自主地缩脖子，害怕了。

这回，我真正害怕了。

"哇！"我放声大哭。我只能用我的哭，来表达我的不理解。我更加大声地哭，扯破了嗓子哭，用大哭来表达我的强烈抗议：不就一只棉袄袖子吗，有啥呀！

院子里，棍子拄地的声音响起。很有节奏，很慢。隔壁的牛奶奶拄着拐棍来了，边走边自言自语。到了房门口，她停下，故意用拐棍使劲蹾了两下地面，才撩起了门帘，朝房内看。

她问："谁惹胖豆了？哭得真让人心疼！"说着话，拐棍在地上蹾得咚咚响。

爸爸连忙招呼："牛婶来了，进来坐。是这样，咱胖豆不懂事，把棉袄袖子剪了给八哥当窝。这娃儿，惹得花儿伤心，就打了胖豆。"

牛奶奶一把拉过我，抱在怀里，说："剪了就剪了，不许打乖胖豆。胖豆的奶奶活着时，叮嘱过我，让我把胖豆当亲孙子。我的孙子，不许你们打骂。"

妈妈抖擞着棉袄，拉着哭声说："牛婶，你看看这棉袄，该剪吗？"

牛奶奶接过一看，傻眼了，但把我搂得更紧了，慢吞吞地说："胖豆是个小娃儿，不懂事，不要打娃儿，不怪娃儿。娃儿哭得让人心疼，我心揪得疼呀！"

妈妈说："容易吗，一件棉袄，容易吗？"

牛奶奶说："已经剪了，不要再说了。打娃儿干啥呀，袖子已经剪了。"她拉起我的手，把我领到隔壁她家里去了。

她家的阿黄一见我，朝我汪汪叫。牛奶奶呵斥了一声。阿黄哼哼唧唧地在我裤脚边蹭来蹭去，道歉似的，又和好似的。我难过，没理阿黄。要在往常，阿黄这样，我会和它说几句不冷不热的话，算是和好了。它见我不理会，哼了两声，无趣极了。走时，它还不满地白了我一眼，甩着尾巴，又生气地哼了两声。

牛奶奶了解阿黄的心情，说："你没见胖豆挨打了？没听胖豆在哭？你生气啥子哟，哼哼啥子哟！"她把拐棍在地上蹾了几下，提醒阿黄要理解我。

牛奶奶的声调很亲切，仿佛给一个不听话的小宝宝说话，饱含疼爱。阿黄听懂了，摇着双耳和尾巴，仰起头，眼神里透着不好意思，给我送来一脸的可爱。我望着阿黄，打了个长长的哭战，朝阿黄点点头。牛奶奶笑了，夸奖了阿黄的懂事。阿黄高兴地嗯嗯了几声，尾巴摇得更欢实了。

牛奶奶长期一个人生活，仅有的伴儿，就是阿黄。

平时，我放学回来，在家门口碰到了牛奶奶，叫她一声。她应着的时候，手已伸向了衣袋里的吃货，不是一颗水果糖，就是几颗花生或一把瓜子。阿黄是她的影子，时刻不离她。她坐在家门口，阿黄横卧在她脚旁打瞌睡。它一见牛奶奶给我吃货，突地仰起头，很警觉。我顾不上它，剥开糖纸，糖果进了我嘴里，故意夸张地做出很甜很享受的样子。它在旁边看，歪着头，甩两下带着怨气的尾巴，眼神里净是可怜相，嫉妒我，也发出了不满的哼哼抗议。

牛奶奶蹾几下拐棍，说一声："放老实点。"

阿黄白我两眼，再望一眼牛奶奶，低哼一声，扭过头去了。

我故意在它左右绕来绕去，说："糖真甜，真甜啊！"并使劲发出几声啧啧。

它垂下头，整个脸扑在了地面，失望极了。

每当这时，牛奶奶会暗示我，让我体谅一下阿黄，别逗阿黄不开心。在牛奶奶眼里，我和阿黄都是她的孙子，她对我俩都疼。

现在，阿黄理解我挨打的难过，跟我和好后，走了。

牛奶奶拉着我的手，随着拐棍的咯噔咯噔声，进了她房内。她在棕箱子里摸出两颗裹着花衣的水果糖，说："胖豆是我的乖孙儿，可怜的，挨打了呀？妈妈打你不对，你剪了棉袄也不对哟。"说着话，她剥开糖纸，把一颗硬邦邦的方块糖塞进我嘴里。瞬间，甜味充满了我嘴巴，紧接着，又充满了我全身。挨打的事，霎时，消散了，抛在脑后了，浑身是香甜的糖味儿。

牛奶奶笑了，问："乖孙儿，甜不？"

我点头，说："甜，真甜！"

她说："看看，多听话的胖豆。乖孙儿，你咋个剪了棉袄袖子呢？"

我又打了一个长长的哭战，颤声说："奶奶，是这样的。我寻了一只小八哥，需要做一个窝。我找不到合适的东西，柴草不行，竹笼不行，光地上更不行。我就在家里乱翻，在柜底看到了棉袄。八哥太小了，棉袄软乎，我就剪下棉袄袖子当了窝，放在我床角了。"

她听着，笑了，泪水也出来了，说："胖豆多贴心哪，想得周到，有善心哟。"

我伸手，给她擦泪水，说："奶奶，你才是大善人。我奶奶活着时，老讲你的好。今儿多亏了奶奶，要不然，我的屁股开花了。我妈下手真狠呀……"我又哭了，回忆起挨打时的痛。

她说："我不是善人，你奶才是大善人哟。乖孙儿，你剪的那件棉袄，不是普通的棉袄。你已经剪了，唉，咋说这事呀。"

我问:"咋个不普通?不就一件旧棉袄吗?"

她说:"一时半会儿说不清,这棉袄有来历的。你奶奶说的,棉袄有神性,神送的。你奶奶舍不得穿,你妈妈也舍不得穿。冬天,汉中又湿又冷,缝一件棉衣可不容易哟。咱们汉中呀,不缺大米不缺鱼虾,很缺棉花。一到冬天,大家都挨冻,床上铺的,身上穿的,全是薄薄的,冷得直打战。好多人手脚,全是冻疮,肿得像红萝卜,又痒又痛。你奶奶再冷,你妈妈再冷,这件红绸棉袄,她们不会穿的。你奶奶受了湿气,得了风湿病,硬是给痛死的,实在可怜哟。"

她说着就哭了,我听着也哭了。

爸爸来了,一见我俩在哭,说:"咋个,你还给奶奶诉苦呢?看看,把奶奶也惹哭了。胖豆,该回家了。"

我一下子钻进牛奶奶怀里,摇头,不回家。

爸爸拉我,说:"你这娃儿,回家了。"他向牛奶奶道谢。

牛奶奶说:"胖豆还小,不懂的事儿多。你们不要打骂娃儿。胖豆是我的孙儿,你们打他骂他,我心疼哟。胖豆为了养小八哥,不是有意要剪坏棉袄玩的。"

爸爸说:"是哩是哩,胖豆小,不懂事儿。牛婶放心,我们不会打骂胖豆。"

一进家门,我才想起小八哥,很担心妈妈把小八哥扔了,朝房间跑去。

爸爸跟进来，说："你养八哥，爸爸支持。你看，八哥这窝那才叫舒服呢。"

我爬上床去看，不一样了，窝底下铺了一层软软的干草，小八哥舒服地卧在上面，眯着眼。我感激地望向爸爸。

爸爸小声说："胖豆乖，去给妈妈道歉。你剪棉袄袖子，不对。"

我不动，摇头。我心想，错哪儿了？不就一件旧棉袄吗？还打我！我没错。

爸爸说："听话，去道歉。你长这么大，妈妈从没打骂过你。为了一件棉袄，妈妈很伤心。等你长大了，就知道原因了。去，给妈妈道歉。"

爸爸的话有道理，平时，妈妈很爱我，一句也没骂过我。我爱妈妈，不想让妈妈伤心。我打了一个长长的哭战，心里舒服多了。听爸爸的话，我走进妈妈房间。妈妈望着窗外，出神，一动不动。

我说："妈妈，我错了，你不要生气了。"

妈妈转过头，一把抱住我，哭了。

爸爸说："你们不要哭了，等明儿，我给八哥编个小笼子。"

妈妈一手摸我的屁股，一手搂紧我，心疼不已。

我说："我屁股不疼，一点不疼。"

六

第二天，我和瘦竿在桥上见面了。

他走在前，我走在后。

他笑，我也笑。

我们同时得到了八哥，心满意足了。

木桥在我们脚步间摇摆着吱吱呀呀。河面宽阔，河水清冽。一闪一闪的波光，像是晨光里眨着的眸子，仿佛刚刚睡醒，还在伸展长长的柔软的腰肢。

一阵微风吹来，河面上铺满层层叠叠的褶皱，如女孩子穿着花边裙跳舞转圈似的，褶皱越来越密，从河面扑啦啦滑过来上了桥，入了我的心。我身上的血脉张开了，伸向了河面，奔向了天空。

啊！太美了，我飞起来了！我跑在桥上，噔噔噔！

瘦竿也跑起来，腾腾腾！

我俩一前一后，偶尔并排，不言语，只管跑着，有时快，有时慢。

一路跑过了桥,我俩进了学校,到了教室。

课后,瘦竿问我:"眼睛咋个肿成红桃了,是不是让八哥啄了?"

我撒谎说:"不小心被蜂蜇了,疼了一晚上。"

他说:"怕是被八哥啄的吧!"

我问:"你八哥是啥窝?"

他说:"你不用管,我知道怎么喂养,你管好自己的八哥就行了。"

我见他自信满满,不问了。暗想,我难道会输给他?我的八哥一定要养得又黑又胖才好,要胜过他的,才不愧我叫了白胖豆这名。输给他,白胖豆太丢人了。

恰好,语文老师走过来,怀里抱着一沓作业本,叫我:"白胖豆,你过来。"

我走了过去,接过了作业本。

她小声说:"你不要和瘦竿过多交往,最好多和学习好的同学交往,明白吗?"

我木然地点头,又轻轻地摇头。

她说:"马老师在办公室当众表扬了你,说白胖豆学习好,勤学好问,爱思考,有想法,将来有出息!"

我脸红了,心里高兴,不好意思地低下头。

她说:"我准备让你当学习委员,促进你努力学习,将来做个有出息的人。"

我用力地点头。我脸发烫，很烫！我可以毫不夸张地说，两片脸颊一定红彤彤，像剪了袖子的红绸棉袄一样红。接受老师的表扬，我难为情哩。

课上，语文老师说教我们一首古诗，是白居易的《忆江南》。她先把诗名抄写在黑板上，把诗的意思大概讲了一下，朗读起来："江南好，风景旧曾谙。日出江花红胜火，春来江水绿如蓝，能不忆江南？"

她的声音很温柔，很有情感，引出一幅生动的画面。我听了，心里暖融融的，又酸酸的，多重复杂的味儿。眼前，出现了每天经过的堰河，想到了河上的桥，想到了树林，想到了沙地，想到了定军山……江南好，我是江南的儿子，生在江南，长在江南，好与不好，我深有感受。江南确实好，有山有水，山清水秀，鱼虾乱蹦满江河。风景永远是美的，秀丽宜人。一年四季，季季不同。冬天再冷，即使冻了手脚，田野都是绿油油的，河水是清澈如镜的，鱼虾照样有，树叶照样绿。春秋两季，更美，如诗如画，处处馨香。每天日出时分，我背着书包，走在上学的路上，穿过树林，迎接旭日。河面上，通红一片，江花团团，胜似燃火。桥上的我，如在火中行走，激昂，热烈，奋进。春天来了，河水欢唱，碧绿如玉，蓝色的天空映在水里，蓝了水面，入了我心。春天真美，怎能不说江南好！那些来了江南又离开江南的人，想起江南的一草一木、一山一水，能不回忆和留恋吗？想到他们思念江南的心情，我心里酸酸的，很期待他们再次归来。

老师提问："白胖豆，怎么理解这首诗？"

我直接讲了自己的真实感受。

老师听完，露出吃惊的样子，可能我的理解与她不一样，或许超出了她的意料。她的眉头一紧一松，一松一紧，忽然豁然开朗，让全班给我送上热烈掌声。

她说："胖豆想象力丰富，语言天分好，理解力超强。"

我的酸酸的复杂的感受，她认为是画龙点睛，让一个在江南的人和想念江南的人，心与心相会了，有了共情的诗意。我不理解"共情"是啥，她讲了这个词，我意会了意思。我一听表扬，就不好意思了，把头埋在胸前。

下课后，她一边收拾东西，一边对我说："胖豆，你将来当个作家！"

瘦竿问："作家是个啥子吗？"

她说："语文课本上的文章，都是作家写的。"

全班哇呀呀说起来，作家是写文章的？我们学的课文是作家写的！不知为啥，我的心，加速跳起来，嗵嗵嗵！使劲地跳！漂亮的语文老师希望我当个作家，原来作家的文字可以当课文来学习！我的心，激动了，跳跃了，有力量了，仿佛远方有一面旗帜，向我飘扬招展，让我快去当旗手。

第一次，我知道了世界上有"作家"这俩字。与此同时，我脑海里冒出"彭龄"俩字。我需要问一下老师，弄清楚作家和彭儒师的关系。

我问："老师,我们旧州铺的彭龄是儒师,也是作家吗?"

老师愣了一下,说:"这个问题……哦,是这样的,彭龄是大学问家,也是作家。据说彭龄留下许多著作,遗失的多,留下来的几部著作在县志馆里珍藏着。"

我激动不已,彭儒师是学问家,也是作家,我们旧州铺出作家和学问家了。

我问："老师,学问家是啥?"

老师吸了一口气,说:"你好好学习,等你长大了,上了大学,就懂了。"

又是一个"长大就懂了",我只好不作声了。

瘦竿朝我扮怪相,扭扭嘴,撑撑眼。哇!他这些动作,太像一只狸猫了。瘦竿这外号,是表面的像;他和狸猫,才是真正的神似,应该叫狸猫才合适。我正想说出来,突然我耳边传来一种异样的声音,是树林里的画眉传给我的,让我少说话。

我瞅周围的男同学,咦,个个长相不同,有的像熊猫,有的像老虎,有的像山羊,有的像马,有的像狗,有的像猪,有的像鱼,有的像鸭子,有的像蜜蜂,有的像蝴蝶,每一个,是一种动物的表情,从神态里看,很明显。我只看,不说。

原来,每一个孩子,都是自然界的一分子,身上都有动物的可爱和憨态。女同学不一样,一部分长得像动物,一部分长得像植物，有的像柳树，有的像槐树，有的像月季，有的像玫瑰，有的像玉兰，有的像雏菊，各式各样，形态各异。

放学后，我和瘦竿走在桥上。

我把观察到的男女同学的样子，把我另一种体会震撼，小声告诉了他。

他听着，吃惊，大笑，失控，在失态中睁大了双眼。

我说："看看你的样子，太像狸猫了。"

他极力止住笑，说："不，像就像老虎，像狼，像豹子，狸猫算个啥子玩意儿！不配我赖舍文，难听死了。狸猫？软腻腻的，还不如瘦竿好，挺得直直的！"

我说："你长得像狸猫，又不像老虎、狼、豹子，像啥子就像啥子，乱说啥。"

他不高兴了，嘴一扭，狠狠朝我屁股上踢了一脚。

我打个趔趄，差点掉进河里。

他哼一声，拍拍手，昂首阔步，走了。

我气坏了，委屈的眼泪在眼眶里打转。

我说错了吗？我说了实话啊！

怪我，是我忘乎所以，拿瘦竿当好友，说话太随意了。我竟把从树林里传来的画眉的叮嘱，当了耳边风，忘得一干二净。怪我，是我多言了。可瘦竿，竟踢我屁股？拿我当啥了，当软柿子捏了！寻八哥时的瘦竿，可不是这样的。

我讨厌翻脸不认人的人，很讨厌，真想追上去揍他，狠劲地踢他屁股！狸猫，赖舍文就是软腻腻的猫儿，是个大坏蛋！可是，我没去追赶他，我有自知之明，打架不是他的对手。我跺跺脚，摸着发疼的屁股，只好忍气吞声了。

回到家，爸爸朝我招手。

我扔了书包跑过去，见爸爸一只手从背后慢慢伸出来，拿着一个精致的小竹笼，竹条有绿色的、红色的、蓝色的，色彩搭配很漂亮。

爸爸说："养八哥的，送给胖豆。"

我抱住爸爸，说："爸爸真好！好爸爸！"

刚才被瘦竿踢屁股的委屈，一下子被爸爸编制的漂亮小竹笼冲淡了。

爸爸说："要做什么，好好做，做到最好的程度。八哥通人性，是天地灵物，要养，当家人一样养，认真养，养得好好的。养八哥的事，由胖豆承担。"

我说："爸爸放心，小八哥是我的好朋友，保证养好。"

妈妈拿着棉袄出来，对我说："以后不要剪衣服，破坏东西要挨揍！多亏你爸爸及时做了小竹笼，棉袄袖子腾出来了，我把袖子接缝上了，总算对得起你死去的奶奶啦！你个崽娃儿，不懂的事儿太多。这家里呀，虽不富裕，跟树林一样，跟小河一样，跟山一样，没有一件多余的东西，少一件、缺一块都不行的。"

我再不敢说"不就一件棉袄"的话了，不敢说了。对我不懂的事儿、不理解的事儿，保持沉默。我盯着妈妈手中的红绸棉袄，感觉有故事在飘浮，忽而上，忽而下，荡来荡去，却落不到我的心坎上，因为我太小，还不懂事。

我说："爸爸，咱给小八哥搬家吧。"

爸爸说一声好，大步进了我房间。我提着竹笼跟在他后面。他从角落一层软草上轻轻托起小八哥，小心地将它放在了竹笼里。小八哥一进笼子，抖一下身子，头昂了起来，如回家似的，一下子精神焕发。

我问爸爸："鸟儿为啥喜欢笼子？"

爸爸说："不是喜欢，鸟儿天生喜欢森林，属于森林。它太小了，猛然来到一个陌生环境，太空旷，缺乏安全感，害怕。待在笼子里，它才有安全感。想想，小孩子没有家，没有父母保护，在野外流浪，你说害怕不？"

我重重地点头。

爸爸说着话，抬眼找地方，想把笼子挂个好地方。

妈妈指着院子晾衣服的铁丝，说："挂铁丝上，院子亮堂。鸟儿要见光的，也不寂寞，天天能看见我们，也能看到天上的白云和隔壁的阿黄。"

我拍手叫好，一蹦三尺高。

妈妈故作生气地说："家里有八哥了，以后呀，我再不爱胖豆了！"

我问妈妈："为啥？八哥和胖豆，都要爱。"

爸爸说:"傻胖豆,妈妈说的是反话。"

我问:"啥是反话?"

妈妈说:"啥啥啥,你是吃啥长大的,尽爱问啥。"

爸爸大笑,声音很响亮。扑棱棱!小八哥吓着了,在笼子里惊恐地扇动翅膀。似乎爸爸的大笑像狂风,席卷了八哥脆弱的身心,它不知所措了。

白胖豆,为啥偷走了我的两个崽?随着狂风而来的,是树林里传来的八哥母亲的声音,指责白胖豆,为啥不把小八哥照顾好。

我伸开胳膊,一把护住竹笼,像一个从古代飞奔而来的持剑护卫。

七

有了八哥,我心里有了牵挂。

在学校的时候,我专心学习。一放学,我飞奔回家,照顾我的小八哥。我给八哥起了个名字,叫小黑。如何把我的小黑养好?我望着小黑,苦苦地想。

我清楚,鸟儿喜欢吃虫子。小黑太小,适合吃很小的虫子。很小的虫子,哪儿有?不好找。

牛奶奶看出我的心事,告诉我:"小八哥可以吃肉末子,吃了,长得快。"

我说:"家里一年才吃一次肉,等到过年才吃,哪来的肉喂八哥呀?"

牛奶奶叹气说:"也是,也是,人都没肉吃,甭说八哥了。"

嘴上这样说,没有肉吃,牛奶奶的话我记心里了。

一次吃饭,我给妈妈说:"买点肉吧,给八哥剁点肉末吃。"

妈妈双眉一撑，用力放下筷子，正了正声腔，端出教育我的姿势，说："你个不懂事的娃儿呀，人都没肉吃，有菜吃已经享福啦！咱命好，生活在汉中，有山有水，不欠吃的。你知道山外面的人是啥生活？连吃的饭菜都欠着哩！给八哥吃肉？八哥比人有福呀！你说说，咋给吃？"

我胆怯了，闭了嘴。自上次妈妈打了我后，她稍一拉脸，我的汗毛就竖起来了。一朝被蛇咬，十年怕井绳。这话是语文老师讲的，我用给妈妈不合适，可我的心情确实是这样。桌上，一根根青菜龇着牙嘲笑我。我埋头，往嘴里塞米饭。山外是啥样的生活，我不知。家里天天有青菜吃，有鱼吃，一年能吃一次肉。山外人的生活应该比山里人好吧？山外有堰河吗？有汉江河吗？有秦岭巴山吗？我无法想象。

饭后，妈妈把锅底的米粒用炒菜铲子摁碎，夹一根青菜到案板上，剁成碎末，把两者搅拌匀，混成了一团白里透绿的软乎乎的糕状物。妈妈把食物放在一个小碟里，放进竹笼，让小黑吃。它用嘴去啄，一下，一下。小黑吃得开心，我感激地望着妈妈。妈妈对着小黑咕咕地叫，说秘密话儿似的。我听到了小黑小声说："好吃，真好吃呀。"

八哥是鸟，只吃素食不行，牛奶奶说得对，要吃肉，长得快。我想了个办法，早晨上学时，书包里装个小盒子，经过树林里，逮上几只小虫子回来，给小黑改善生活。想归想，我害怕妈妈，不敢在家里翻箱倒柜找瓶子，再不敢乱拿东西。

我去了村子的小诊所,试探性地对矮胖大夫说:"叔,给我一个不用的小瓶子行不?能装小虫子的,没毒的。"

"行!"大夫慷慨地说,拿出一个小白瓶,递给我,"这瓶子可以吧?能装几只蚯蚓哩,可以喂八哥吃。"

我问:"你怎么知道我养八哥?"

他说:"牛奶奶告诉我的,她还问我八哥吃什么好,我说吃蚯蚓。"

我握着小瓶子,说:"谢谢叔。"

他说:"不谢。胖豆有爱心,养八哥,好!"他朝我竖起大拇指,眼珠转了转,嘴角一弯,扮个可爱的表情。他身材又矮又胖,加上逗乐的表情,真像一只会说话的大冬瓜,很滑稽。因他身形的奇特,个头比一般人低一头,确切地说,是全村大人中最矮的,又胖,全村人叫他胖子,叫久了,没人知他真名了。

我揣着瓶子,乐滋滋地走了。

小瓶子躺在书包里,像我兜里揣着一颗糖和花生似的。我总惦记着,想着今天放学捉几只虫子回去,八哥会有多么高兴。课间休息,我瞅着书包发呆,满脑子跑火车,想象着在树林里捉虫子的情形。想着,想着,独自抿嘴笑,心里很美气。

待到放学钟声一响,我背起书包,第一个冲出教室。

在校门口,敲钟老人叫住我:"白胖豆,放学啦,作业完成没?"

我说:"完成了,爷爷。"

老人笑着说:"作业要认真完成,学生要好好念书。"

我应一声,撒腿跑出了校门。

我跑过木桥,脚下传来吱呀声和颤巍巍的感觉,河面上闪动的金色波纹,全不在我眼里了。八哥占据了我的心。过了木桥,我奔向树林。一入林子,我如隐形人一样没了踪影。我熟悉每一棵树,知道在哪儿能找到虫子。我找的是金龟子,找的是蝇虫,找的是毛毛虫。不一会儿,小瓶子装满了。我满意地把盖子拧紧,瓶子又进了书包。我向林中的各位鸟儿问好,向大自然宣告,八哥在我家很好,我一会儿到家,八哥就有虫子吃了!鸟儿们听了,相互告之,对我挺满意,也相信我能养好八哥。它们翅膀扇得轻快,踩着愉悦的节拍,送我出了树林。

远远地,我看见了瘦竿。

他和毛蛋的头挤在一起,朝我这边张望,鬼鬼祟祟的,他们有鬼。不是我瞎猜,非得将他们想得鬼,是我的眼睛和耳朵告诉我,要提防他们。我甩开胳膊,大步走,装作若无其事。接近了他们,我给自己壮胆,便哼着歌,快步进入蛇行小径。一踏进小径,我仿佛骑在蛇背上似的,快速向前滑行,呼呼的风从耳边刮过。咚的一声,一块石头落在我前边。我的心一紧,停了步。原来,呼呼的风是石头从我耳旁穿过带来的。我扭头,毛蛋吓得后退一步。突然间,我有了勇气,我不是骑在蛇背上吗？那还怕谁呢？我盯着他俩，双手绞在胸前。

毛蛋上前，朝我笑，是傻笑。我鄙视毛蛋，傻子才傻笑。毛蛋故意将身子摇摇摆摆，本身像一条黑炭，一摇一摆，像一根会走路的黑乎乎的棍子，木偶一样，我讨厌这样的木偶，满是傻气。

他说："胖豆，你进林子来，干啥子啦？"

我头一偏，说："与你无关。"

他说："与瘦竿有关。"

我朝瘦竿看去。瘦竿诡异地一笑，紧抿嘴唇。

我没理，继续走路。

毛蛋扑上来，抢我的书包。

太突然！我没想到会发生这一幕。

我紧紧抱住书包，朝远处走来的三个同学喊："毛蛋打我啦，快来救我呀！"

几个同学一听是我声音，交换了眼神，快步走过来。

瘦竿跳起来，双手叉腰，横站在小径中央，大声吼道："谁敢来？"

三个同学停住步子。

毛蛋和我扭在一起，我拼力保护书包，使出全身力气一甩，毛蛋轻飘飘地倒在地上。他瘦小，哪是我胖豆的对手。

他号叫："胖豆打人啦，胖豆打人啦，胖豆是个坏东西！"

瘦竿不屑地瞪一眼毛蛋，说："你个废物！"

我说："瘦竿，我你断交。以后，两不相干！"

瘦竿说："胖豆呀，是毛蛋惹你，我又没惹你，咱俩断啥子交？"

我指着毛蛋，这不是明摆着，瞎子也明白咋个回事。他指使毛蛋抢我书包，反倒与他没关系？我想教训毛蛋，但他为人打架出力，又被人当猴去耍，我又为毛蛋感到憋屈，也为毛蛋感到丢人。我鼓着腮帮子，很生气，握紧拳头。

毛蛋一见瘦竿这样说话，急了，为自己辩解："是你让我抢胖豆书包的！"

瘦竿抬脚，踢了毛蛋几下，说："你算个啥货！你个蠢蛋！滚！"

毛蛋受了委屈，眼里闪出几丝泪花，起身摸着屁股，灰溜溜地离去了。

我说："瘦竿，你真行，真行！"

瘦竿说："胖豆，一般，一般！"

我说："瘦竿，别揣着明白装糊涂，树林里有神呢。"

瘦竿嘴一歪，大声说："啥子是明白？啥子是糊涂？神在哪儿？我就是神！"

我说："这树林里，全是神。有大神，有小神。有大自然之神，白天有太阳神，晚上有月亮神，有鸟儿之神，有树木之神。瘦竿你太霸道了，连神都敢欺负。"

瘦竿尖笑几声，说："你把神叫出来呀，让我看看呀，长啥模样？叫出来呀！"

我说："瘦竿，你欺负同学，辱骂老师，抢人东西，抄人作业，神很讨厌你。所有的神，现在就站在你周围，你看不见的！"

瘦竿说："你说话等于放屁！你长着眼睛，我也长着。神在哪儿？长啥样，在哪儿？你有本事把神叫出来，让我看看！"

一股轻风吹到我耳边，一个遥远的声音传来，幽幽地说："你没有必要和他在这儿争辩。世上越是珍贵和恒久的，越是一般人看不见的。你能看见，你和他不一样，不用在这儿给他证明。"说完，风散了。

我望一眼还在发怒的瘦竿，转身走了，头也没回。

瘦竿是否恶狠狠地瞪我，是否跟在我后面，我不晓得。我满腔的火气化为三个平淡的字，不理他。他在学校骂老师，老师们不喜欢他。他欺负我，抢夺我的书包，更是欺凌了黑瘦如柴的毛蛋，竟然不信天地有神灵，他是个混账，不理他。

回到村口，我站在"旧州铺"大匾下，凝视着这三个字。我想象着古代彭龄儒师，一个大学问家，一个作家。忽地，有一双深邃的目光从不可见的地方投过来，落在我的双肩和后背上。更神奇的是，瘦竿欺负我的事仿如隔了很远的时间，瞬时与我没关系了。我精神倍增，飞跑起来，穿过村子，进了家门。

我把一瓶子花花绿绿的小虫子倒出来。一看，怎么全蔫了？仅有两三只在艰难地蠕动，垂死挣扎。我的心像被针扎了，疼啊。小小的虫子，虽小，也是五脏俱全的生命，也是自然界的一分子，被我掠了来喂八哥，蔫成这样，死了呀。我难过极了，我怨自己，是个残忍的胖豆！在瓶子里捂死了虫子，来喂八哥。我不想变成残忍的胖豆，一转身，跑向牛奶奶家。

牛奶奶正和阿黄吃饭，一见我，问："胖豆吃饭没？"

我摇头，把刚才的恐惧和自责，全盘说给了她。她放下饭碗。阿黄不满了，朝我汪汪叫，嫌我打扰了它吃饭，表示强烈抗议。

牛奶奶教训："自己吃，叫啥子叫？不准吓唬胖豆。"

阿黄低头哼哼，不时翻一下白眼，伸长舌头舔食，故意发出吧嗒吧嗒的响声，好像要把委屈吃进肚子去，表达对我的讨厌和怨气。

牛奶奶说："胖豆呀，人活着，得吃饭喝水，不吃不喝，就没命了。猪狗、牛羊、青菜、花草，各有自己活着的道理，也有死去的道理。草不割不长，菜不拔不生，猪不宰不养。每个东西，都是另一个东西的一道菜。你不吃，你不得活。吃饱了，能活着。吃有个度，不能使劲吃，吃过头了，下一顿就得饿着。量与量是天定的，谁也不能浪费，不能贪多。个个心里有数,给别人留下一口,所有的东西平衡了,个个也活得好,相安无事。"

我明白了,虫子可以给八哥吃,是虫子活着和死去的道理。捉虫子得有数,不能超了。不管啥东西,吃要有度,不能超量,大家才会有吃的,也都能活着。这样,大家相安无事,大自然也安好。

我说:"知道了,奶奶,我知道了。共同生长,相互爱惜。"

牛奶奶笑了,说:"我的乖孙儿,胖豆好聪明哟!"

我向奶奶挥手再见,跑回了家。我看看一只只小虫子,从抽屉里取出小刀一点点切成碎末,放在盘子里,端给竹笼里的小八哥。

我说:"吃吧,这是肉,你最喜欢吃的。"

"胖豆,还是你了解我。我好想吃肉呀,终于可以吃上了!"小八哥迫不及待地啄食起来,吃几口,昂起头,大声咕咕叫,"真香,太香了!"

我说:"慢慢吃,别噎着。以后,我天天给你吃肉,小八哥,天天吃肉!"

晚上,我做梦了,梦见了一只白色的小八哥跟我说话。

我问:"你怎么找到我的?"

小八哥说:"你叫我小白吧,我是小黑的妹妹。我哥哥在你这儿,我来看看。"

我说:"小黑是我的伙伴,你是它妹妹,也是我的好伙伴。"

小白说:"我哥哥在你们家,挺好的,我们全家放心了。你是善良可爱的白胖豆,我相信你会善待我哥哥。我一直不理解,你为啥带着瘦竿破坏我们全家幸福,活生生拆散了好端端的一家人?这段时间里,全家陷入担心、牵挂、难过之中,不知我的两位哥哥咋样了,派我夜里来看看。"

我很惭愧,说:"我们太爱八哥了,想寻来养着。我……没想到,让你们一家难过了。"

小白说:"你想想,我们圆满的一家人,幸福地在林间生活。突然,被外来者袭击,无情地抢走了两个家人,家破人散,还是家吗?"

我说:"当时没想那么多。"

小白说:"突然有人到你家,把你抢走了,你父母啥感受?每个家庭,都不愿意失去一个孩子。简直太可恶了,可怜我们不能像人类一样去告状打官司,惩罚作恶者。我们是弱小族群,体型太小,没人类的手掌大,哪有反抗的力量?可我们内心的苦是无声的,只能用你们看不见的方式,表达家破人散的愤怒和绝望。"

我难过地说:"我没想这么多,我犯错了。当时已意识到不妙,已经晚了。小白,你给我上了一堂很有意义的课。你们不是弱族,是很强大的。可恶的是我们,以为自己是人,体型大，有勇力，能爬树，凭自己的喜恶去侵犯你们。是我们错了，自私，狭隘，忽视了你们的感受，只拿你们当鸟儿待，缺乏尊重。我们老师讲了历史上发生的战争，都是以大欺小，以强凌弱。一个家庭、一个村落、一个国家，不愿被一个或一群外来者侵略，不愿失去亲人，不愿失去家园，更不愿失去生命。我和瘦竿是侵略者，破坏了你们的家园。我已经犯错了，也知错了，以后会努力善养小黑，弥补我的过错。"

小白说："你是善良的，我们相信你。"

我说："瘦竿也会善养那只小八哥，他答应过我的。"

小白说："我只相信你，白胖豆。林子里所有鸟儿认识你，你懂我们的语言。我们相信你，会把小黑养好。"

我心底涌起被理解被宽恕的感动，我得到了小白和林间鸟儿们的信任。我心里，多少有些许安慰。小白的话，警醒了我，若不然，还不知破坏了八哥的家庭幸福，使他们一家人处于伤心难过之中。这世间，每个物种，都有自己的家，有亲人，有兄弟姐妹。以前的我，只注重人自身的感受，认为人是最聪明的，人比动物高级，人才有感情。而人的破坏性、攻击性、十足地霸道，其他物种看得明白，人却不知。人从来不关心自己在自然界的名声，认为自己是王，可以主宰一切。小白是来提醒我，更是来教育引导我，让我重新认识自然界和人类的关系。我正要向小白表达谢意，却发现小白不见了。我四处望，小白无影无踪。

我大喊："小白，小白。"

醒来的我，眼角淌着泪水。我坐起来，搜寻小白，没有影儿。窗外，满天的星星，巨型黑幕上，闪烁着微茫又遥远的点点星光。蓦地，一个遥远的声音从星空传来："胖豆是好娃儿，有同情心，有爱心，有上进心。睡觉，明儿去上学。"我听出了这声音从古代来，从很遥远的地方来，是来安慰我的。

我小声说："我爱天地间的万物，会养好小黑的。"

奇怪，我躺下，感觉有宽大的手掌在拍哄我睡觉。很快进入梦乡的我，变成了一颗小星星，穿越时光，飞向了古代，又回到了现代，看到了很多慈祥的老人。

次日，我早早起床，浑身充满了力量。这力量，来自看不见的时光深处，很远，又很近。我听到了，也感受到了。

我在竹笼前，左右看。小黑咕咕了两声，问我早安。我也问候它。因为给小黑吃了虫子，我在观察有啥变化。只有吃了肉，才长得快！希望它快点长起来，长得壮实，长得胖大。我细心观察一番，小黑还是原样。

小黑看穿了我的心思，朝我咕咕叫："胖豆，你做大梦呢！一晚上，谁能吃成大胖子？今天，继续给我找肉吃！"

八

小黑是我的好朋友，我回到家里，有了伙伴，很开心。

在学校，我也很快乐。我爱学习，知识就是力量，扩展了我的视野和心胸。

听老师讲，汉中被称为西北的小江南，出了汉中，天南海北，有更广阔的天地。在中国大地上，无数美丽和神秘的风光，需要我们长大了去探索。我听了，已经不是高兴能形容的了，是对知识的极度渴求，很急切。

可惜，除了课本，没有一本课外书。

课外知识的获得，有两个途径，一是听老师讲，二是在大自然中观察。

大自然的各类动植物，不认识的，可以请教年长的人，叫什么名，开什么花，结什么果。我很渴求课外书籍，许多神秘的不易被肉眼观察的知识，在书本的阅读中才能理解。可是没有课外书籍，没有！

老师讲课文时，会适时扩充其他的知识，激发我们的好奇心。老师懂得真多呀！老师的形象在我心里是神圣的，他们是传授知识的使者，像天上亮晶晶的小星星，在黑夜里眨着眼，是一束光，引我遐思，引我想象，使我神往。每天黑夜里，我仰望星空。在白天，那目光是投向老师的，很真诚，充满渴望。

学校之外便是家里，有我的快乐。

小黑是我的牵念，我的好朋友。

小黑在我的喂养下，一天天活跃起来，在笼子里跳上跳下。我有了成就感。养八哥是一件不容易的事，也是一件容易的事。容易与不容易，我琢磨，是"理解"俩字。理解了八哥，就理解了自然。鸟儿的天性与大自然最贴近。好似我们，人与人，需要理解和关怀。人与自然，需要相互提供营养，人利用自然活命，自然需要人去观察和爱护，共处共生。牛奶奶的话，我记下了。她说得很对，虽然她讲的，不像老师讲得神圣，却用普通的家常话，说出了大道理。

我和敲钟的老人也成了朋友，见面了，说几句话。

他从不说自己是军人，更没提过自己打过仗，立过功。他说自己是敲钟的老头子，在茶镇待着没事做，就来学校，喜欢敲钟，喜欢我白胖豆。他身上，有一股力量，是军人特有的。以前，我没见过军人。在书本上学过有关军人的课文，晓得军人很勇敢，不怕死。他个头高、肩膀宽、腰板直，总是慈祥可亲，叫我时，也总是微笑着。

我和瘦竿，还在相互较劲。

他对我冷漠，我视而不见。还好，他不像以前明目张胆地欺负我。比如像我说"河人桥"是我祖先，他号令同学们取笑我。如今，他收敛多了。我猜测，他可能是念及我帮他寻到八哥的缘故。他还算有点良心，记我一点好了。但我一想到他指使毛蛋在树林里抢我的书包，想夺我的小瓶子，就来气，怨他过于贪心，恩将仇报，不记我寻八哥的好。他的作业，抄毛蛋的。毛蛋学习差，作业本上免不了有大大的红叉。

瘦竿不喜欢红叉，一见，大骂毛蛋是笨蛋，警告毛蛋不准错题。看见血淋淋的红叉，他手脚痒痒，想打架。毛蛋很委屈，难道他希望自己的本子上背上血淋淋的红叉吗？他才不想，可又没办法，本子上每次都会背着几个。瘦竿再怎么气恼，再骂毛蛋，也没法，作业照抄。课堂上，瘦竿更是丑态百出。老师提问，他张嘴就来，胡说八道，不着正题。老师提醒他，引导他，他还不理，继续胡言乱语。

老师问："世界上有几大洲几大洋？"

他答："一个旧州，养了六只羊。"

老师瞠目结舌，教训："胡说八道，你为啥不好好听课呀？"

他说："白胖豆家在旧州铺，不信你问白胖豆，咱这地方是不是一个旧州，全村养了六只羊？"

全班安静，随即爆发了大笑。笑声过于火爆，极力想穿破窗户仅剩的两面玻璃，震得窗框一阵哗啦啦狂响。老师望着窗户，眼里全是失望，也急于冲出去，给自己找点不知名的安慰和宽心。

瘦竿继续说："我不知世界是啥个样子，离我太远了。世界在哪儿？我看不见。我知道汉中，在这儿生活着。知道一个旧州六只羊，咋个啦，不对吗？老师你不信？放学了跟白胖豆去旧州铺看，数一数一共几只羊。"

全班同学又一阵大笑。

有个同学过于高兴，失了控，屁股下的凳子翻了，人仰马翻。他"哎哟——哎哟"叫唤起来。

全班又是一阵大笑。

老师走过来，扶起他，摸了摸他的头，说："冬瓜好着哩，叫唤个啥子哟。"

全班又是一阵大笑。老师长吁一口气，也笑了。

下课后，同学们向瘦竿围去。他们像雨天的雨水似的，一股脑儿朝水沟流去。

"瘦竿你真绝，回答太妙了！"

"瘦竿你厉害，老师被你逗笑了！"

"瘦竿你咋知道旧州六只羊，好神呀！"

"瘦竿你讲得太好了，一个旧州六只羊，哇，太好了！"

…………

所有的话，都是表扬瘦竿的，听得我想呕吐。我厌恶地扫一眼围着瘦竿的一群同学,不明白他们为啥要巴结瘦竿。瘦竿的回答,明明在胡说八道,他竟还成了英雄。我心里好难受,他们到底是一群什么人?

"一个旧州六只羊。"这句话成了班里的口头禅,并向外班快速扩散。

我走在放学的路上,望着金光四射的河面,眯起了双眼。

河面是数不清的嘴巴,全在说着"一个旧州六只羊"。全班,全校,都在说,连河水也在说,说得金光灿烂,让我应接不暇。走过沙地,走进树林,我才明白了,为啥会这样。"一个旧州六只羊",一句稀松平常的话,引起同学们强烈的兴趣,口口相传,乐此不疲。原因是,我们的知识太贫乏了,没有书可供阅读。

生活中,学校里,从家里到学校,两点一线,这是我们的世界。我们的见识太少了,我们空旷的脑子和快言快语的嘴巴不配套。我们的心灵处在干旱期,需要知识雨露的滋润。所以,好不容易逮着一句逗乐子的话,管什么有意思没意思,不管它,只因它刺激了我们的大脑,让我们好奇了。太欢畅了,人人玩笑着这句话,满足了口舌之快,也满足了贫乏的情绪。

我进入林子里,听见鸟儿们在开会,聚集在一起,有唱的,有叫的,有闲聊的,有窃窃私语的。鸟儿们在讨论瘦竿:"瘦竿是个无聊的家伙,太空虚了,没文化,不懂几大洲几大洋,更不懂鱼美人和太阳神,是个可怜的白痴。"

我听着,震惊了。

鸟儿懂得比我们多,我不知有美人鱼和太阳神,鸟儿们知道!

我问:"什么是美人鱼和太阳神?"

鸟儿们不说话了,望着我。

一只黄鹂飞到我耳边说:"白胖豆,你以后会知道的,书上有。"

我问:"你咋知道的?"

黄鹂说:"我们,或者,我们的朋友每年飞越大江南北,见得多,听得多,自然懂得多。"

原来是这样呀,我明白了什么叫"见多识广"这个成语。此四字,变成了四个钉锤,一下一下地敲打我,说:"以后还轻视鸟儿吗?他们走南闯北,见多识广。一帮小屁孩,只会喊'一个旧州六只羊',只会疯了似的玩,只会待在山沟里自高自大,连美人鱼和太阳神也不知,懂个啥哟!"

一只燕子飞来,落在我肩上说:"只要有一颗善良的心,就会体验自然和人类的情感。情感会逼你探索知识,走向广阔的天地,你自然而然会见多识广。"

我点头,很认可。

我向鸟儿们挥手,再见。

鸟儿们一起向我说:"白胖豆再见。"

我进了林子深处的杂草间,为我的小黑,寻找野味。

不一会儿,我的瓶子装满了虫子。拧好盖,我放在书包的夹层,准备出林子。这时,啄木鸟飞过来,对我说:"你从林子穿过去,抄小道回家,不要走蛇行小径。"我猜到了,瘦竿和毛蛋,还有别的同学在等我,想抢我的书包,想抢我的虫子。我照着啄木鸟指的路线,拨开脚下的杂草和藤蔓,一步一步,抄着近路往家的方向走去。

一出林子,发现已到村口"旧州铺"大匾下。我捂着书包,飞跑着进了村子,到了家门口。猛地,我看到敲钟老人从牛奶奶家出来,背着双手,朝另一个方向去了。咦?他来干啥?我纳闷,他来旧州铺看牛奶奶?他认识牛奶奶?

我带着疑惑进了家门,把虫子从瓶子里倒出来,一共是六条毛毛虫。如今,小黑已长大一点了,不需要剁碎了虫子吃。从前几天开始,我锻炼它吃完整的虫子。我把虫子摆整齐,像一道精美的大餐,端给它。

它咕咕叫两声:"谢谢胖豆。"嘣一声脆响,嘴碰着了盘子,发出响亮的撞击声。它得意地叼起一只绿毛虫,夹在尖嘴上,给我显摆。毛虫扭动着身子,逃生的本能是那么强烈,很快消失在了它的嘴里。

它一口气吃完了六条毛毛虫,精神百倍,眼睛闪着喜悦的光,望着我,咕咕地叫:"真好吃!真好吃!"

我对它说:"一天最多吃六条,也要吃饭和菜,荤素搭配，营养丰富。"

它咕咕叫："知道了，听胖豆的话。"

我说："小黑，你知道吗，我很想要你说话，想要你同我一起背古诗。"

隔壁的阿黄跑过来，朝小黑"汪——汪——汪"地叫，像是打招呼，更像是耍威风。我看着它的样子，有点像瘦竿的变形。瘦竿喜欢耍风头，喜欢欺负人。小黑看到阿黄，一点儿也不害怕。它站在高处，阿黄站地上，它有位置优势。它对着阿黄咕咕叫，在笼子里扑上扑下，展示本领似的，似乎说，我小黑谁也不怕，阿黄你算个啥呀！

恰好，爸爸扛着农具回家了，放下农具，弯腰解开挽着的裤腿，对我说："阿黄是小黑的保镖，多少野狗野猫瞅着小黑，想把它当盘中餐呢。"

我害怕了，问："真的？"

爸爸说："可不。小黑挂院子里，招惹外面的吃腥鬼。多亏有阿黄，使劲吼几声，吓跑坏蛋啦。"

我嘬着嘴，做出高兴的模样，又不想表扬阿黄。

牛奶奶拄着拐棍过来了，对我说："胖豆呀，多亏了阿黄，天天在这儿陪小黑玩。小黑呀，胆儿大，才不怕阿黄哩。两个一见面就吵，吵完了，就安然了。"

我说："阿黄懂事，小黑知道的。"

牛奶奶说："阿黄也是我的孙子，知道胖豆喜欢小黑。"

我笑了，阿黄是牛奶奶的孙子，怪不得牛奶奶喂阿黄吃饭，还不停嘀嘀咕咕。我望着牛奶奶，欲问敲钟老人的事，这时妈妈从后院过来，怀里抱着一捆草，叫我一声，又招呼了牛奶奶一声。牛奶奶应着，问起她怀中的草，两人说起庄稼的事儿来。我见状，便仰头和小黑说话，阿黄在我脚边欢快地转圈，汪汪地叫，怕我冷淡了它。不知咋的，我始终对阿黄喜欢不起来，打心底里排斥它。阿黄应该知道的，它能感觉到我的不悦，只要见了我，它的眼神就怪怪的，有点生分，既想走近我，又不想折了自个儿面子。它和我隔着一层，不亲近。

今儿，牛奶奶格外高兴，走时，给了我一颗甜糖、两颗花生。以往，从没这样，只给我一样好吃的。我看牛奶奶，面色明显比以往红润，声音也比以往清亮。我望着手里的糖和花生，目送她拄着拐棍一瘸一拐地走了。阿黄是不离她的，见她走了，也飞快地随她而去。

我对妈妈说："牛奶奶今天不一样，很高兴。"

妈妈说："你牛奶奶呀，天天高兴，有吃有喝的，总惦记着你。她老人家苦命一辈子，啥没见过经过？活到现在，就凭个心态好！"

爸爸说："胖豆，以后对阿黄友好些。你不在家，阿黄是小黑的保护神。"

九

我对敲钟老人格外留意了。他为啥去了牛奶奶家？和牛奶奶有亲戚？我乱猜着，强烈的好奇心缠住了我。

早上去了学校，我故意站在不远处，看他是否反常。

他依然如故，温和地叫我："白胖豆早上好，上学啦。"

我也问候了他。

他没有任何异样，好像没有去过牛奶奶家似的，态度和平时一样。

我观察了几天后，准备主动出击。

一天下午放学，他正在敲钟，咚的一声，是最后一响。我走到他面前，问："爷爷，你知道我是哪个村的吗？"

他一怔，没回答。

我又说："爷爷你知道吗？我养了一只八哥。"

他哦一声，笑着说："八哥喜欢吃蚯蚓。"

我说："我每天下午放学，去树林里给八哥抓毛毛虫吃。"

他说："虫子不能多吃。冬天虫子可不好抓的。你可以学着养蚯蚓，八哥最适合吃蚯蚓了，长得机灵，长得快。"

我问："怎么养蚯蚓？"

他说："下雨天，到处是蚯蚓，你多捉一些，在家里找个固定的地方养着，每天给八哥吃两条就行了。"

我一听，高兴地蹦起来，哇，这真是好主意。蚯蚓在汉中不缺，到处可见，蚯蚓体形长，且是又细又长，一只相当于六只毛毛虫。

我说："太好了，蚯蚓好养。谢谢爷爷。"

他说："不谢，不谢。养八哥干啥呀？"

我说："我想要一只会说话的八哥，和我一起背古诗，当我的好朋友。"

爷爷开心地笑了，眼泪跟着流出来。他擦一把眼角，笑着说："真好，胖豆有理想。爷爷小时候也养过八哥，而且养到会说话了，可惜爷爷当年不识字，没有教八哥背诗。八哥只会说，吃饭啦，睡觉啦，饿坏啦。我听着很高兴，八哥是贴心的伙伴。胖豆呀，八哥是有灵性的鸟儿，通人性，通物性，是神鸟，要用心养！"

我问："你的八哥现在在哪儿？"

爷爷叹息说："被坏人偷啦，唉！人呀，说着人话，却不做人事。八哥刚会说人话，被不做人事的人偷走啦！"

我气呼呼地说："打死坏人！"

爷爷说："这世上啊，有好人，就有坏人，啥人都有。要相信，好人还是多。"

我似懂非懂地点头，关于坏人，我第一次正式从大人口中听到。

我小声问："爷爷，瘦竿算是坏人吧？"

爷爷摇头，说："你们是孩子，谈不上好人坏人，最多只能说，谁谁谁是有毛病的孩子。"

我问："好人坏人是大人的事？"

他说："对的，好人坏人是个相对的说法，看针对谁而言。不过，如果一个人背叛了自己的民族，背叛了做人的良心，绝对是坏人。"

我说："破坏大自然的和平安静，也是坏人。"

爷爷"呀"了一声，满面惊奇，又面露喜色，啧啧说："对！对！胖豆有灵性，一点就通，好聪明的娃儿呀！"

我说："爷爷，我要捉蚯蚓去了。再见。"

道了别，我出了校门。忽地又醒悟了，我竟没跟爷爷提牛奶奶的事。

我听了爷爷的话，开始捉蚯蚓。比起捉毛毛虫，捉蚯蚓容易多了。

老师说过，汉中是西北的小江南，雨水丰沛，气候湿润。这地方，常年雨水淋漓，有时候一下便是一个月，地面又潮又湿。蚯蚓在地下待久了，闷得慌，钻上来，透透气。破土出来的蚯蚓，被我发现，便成了我瓶中之物。瓶子小，装不下几只。蚯蚓身条长，一只，就占了瓶子一半。瓶子的任务，在蚯蚓面前完成不了了。看来，毛毛虫的时期结束了，瓶子也没用了。

我顺手把瓶子扔进了水沟，它翻滚了几下，立马不见了。消逝的瓶子，倒让我多少有些难过，到底跟了我一阵子，陪我在树林里度过了捉虫子的快乐时光。

拿啥装蚯蚓呢？

在路边，我捡了个废弃的黑色破瓷碗，敞口，面积大，能装好多条。田间的小径上，我捡起一条一条的蚯蚓，放入碗里。望着碗里翻滚的蚯蚓，一个个急欲逃走而努力挣扎——是徒劳的挣扎，不会有结果的，黑瓷碗阻挡了它们逃生的希望。我心一沉，又生了怜悯，发了一会儿呆。我真想把蚯蚓放还给土地，蚯蚓是属于大地的，给大地松土，是大地勤劳的孩子。但我眼前冒出了想吃野味的小黑。小白的叮嘱又飘在我耳畔，我不能负了诺言。而且，我多么想拥有一只会说话的八哥啊！我望着蚯蚓，想着小黑，犹豫不决。

这时，我耳边响起了牛奶奶的话："每个东西，都是另一个东西的一道菜。"我默念了两遍，复杂的心绪慢慢平息了。

感激敲钟老人，让我毫不费力地、轻轻松松地给八哥找到了这些野味。

可是，蚯蚓在啥地方养着好呢？

我在家里到处转，给蚯蚓找地方。找来找去，感觉都不好。为了安全，我在后院的菜地边找了个地方，僻静，不显眼。我挖了一个小坑，把黑碗放进去，大小刚好合适。围个小圆圈，在碗里盖上厚厚的一层湿土，做个假象，蚯蚓们会以为回到地下了。然后，再找了一张薄薄的塑料纸，把碗口封了起来。我担心碗里缺少空气，把蚯蚓捂死，便从妈妈针线包里拿出一枚针，在塑料纸上面扎了许多个小洞，让碗里碗外的空气流通，这样可以维持蚯蚓的呼吸。一切做完，我对自己的成果很满意。

恰好太阳出来了，天空很蓝，云很白。蓝和白在天空任意飘荡，蓝拥抱着白，白轻盈地飘。蓝天是很大很广的胸怀，无边无际，人的眼睛望不到边的。蓝是有情感的，无数的手臂，无数的疼爱，无数的气息，特意来拥抱这个世界的一草一木，一鱼一虾，一人一家。

我仰着头，深深地呼吸。蓝紧紧地拥抱了我，气息浓烈，我周身洋溢的兴奋跑遍了浩大的天空，白云欢笑，扬起裙子似的纱衣，尽情飞舞……我久久地享受着，雨后的晴天，格外蓝的天，白雪似的云。

带着愉悦，带着激动，带着使命，我就这样养起蚯蚓来了。蚯蚓很好养，如天然长在河畔山脚的各种草木，有点水分，便会生根发芽，长势旺盛。我在水乡长大，懂各种动物和植物的生长需求。在动物界，靠着钻入土里生长的，只有蚯蚓。它紧贴大地，与土地最亲，不偷不抢，不像老鼠兔蛇在地上找食物来供养生命。鸟儿们在空中飞，在树上建巢，吃食是肉类——虫子。找虫子养活自己，说容易，也不易，时常会有生命危险。在天地之间，你吃别人，难免不被别人吃，在一个相互吃的世界里，争抢食物也是一场争夺生命的血淋淋的厮杀。

养蚯蚓的过程中，我好像理解了各种生命生存过程的不同。有的与人类争，有的与同类争，有的争来争去斗个不停，原因很简单，只为找到自己的存活方式。而蚯蚓更像朴实的农民，一年四季在土地上刨食，是靠天吃饭的，对大自然风雨雷电的依赖性更强。稍有雨落，我走在村里村外的小路上，地面上，随时可见在雨中爬行的蚯蚓。下雨天对蚯蚓来说，是喜庆的节日，它们全体从土里探出头来，接受雨的洗礼，在雨中享受欢畅的快乐。

我喜欢冒雨捉蚯蚓，墙角、草边、沟旁，多得捉不完，比捉虫子容易多了。

小黑特别喜欢吃蚯蚓，一天吃一条。吃了蚯蚓的它，如同我过年时吃了一顿红烧肉。说到底，还是村里的矮胖大夫懂得多，知道蚯蚓是八哥最好又最喜的食品。养过八哥的敲钟老人，也告诉我蚯蚓对八哥长身体最有营养。

我再不用担心小黑没肉吃，它天天可以吃肉了，比我幸福百倍。黑瓷碗里，总是储存着满满的蚯蚓，像个丰收的大粮仓，颗粒满满，恰如有取不完的大米，任凭天天舀着蒸饭吃，吃不尽的。有时，我也想变成小黑，有一个如我一样的小伙伴，真诚地陪伴我，和我平等交流，坦诚相待，彼此享受对方带来的快乐，又收获不一样的心灵体验。

在学校，脑子转换了，以学习为主。我感觉，越是和小黑接触多，离开它的时间里，越是担忧。我不在家，只害怕有凶猛的动物去伤害它。一想到阿黄，我心稍安，可还是担忧。小黑太弱小，没有抵抗外来侵犯的能力，需要我保护。

慢慢地，随着时间推进，我每次回家后，第一眼看到阿黄守着它，才放心了。

在学校，我上课专心听讲。下课后，我及时完成作业。有阿黄给小黑当护卫，学习对我来说，也是轻松的了。放学后，我跳跃着，快步回家。我的身心，也似一条堰河，波光万顷，悠悠长歌。那是远古的歌谣，绵长、欢畅、自由、轻快……

我开心地过着每一天，感受每一天的美好。

自上小学以来，旭日升起，是清晨对人间的问候。迎着清新的晨光，我去学校。一进树林，鸟儿们向我问好。这场景，已经成了我和鸟儿们的日常。一天不见，也不行，必须天天在晨光里问好。我向它们招手，它们给我唱歌。我给它们跳舞。我跳舞是乱蹦乱跳，顺着蛇行小径，左跳，右蹦，想怎么蹦跳就怎么蹦跳，怎么开心怎么来，没有约束，没有顾虑。它们一起鸣唱、飞舞、穿梭，一起欢送我出树林。

一出林子，我才觉出浑身冒了一层细汗，每个毛孔都在开心地笑。与鸟儿一起欢跳，如晨跑了几圈似的，我浑身轻松愉快。

清晨的河水，很安静，迅速抚平了我刚才跃然的心情。徐徐升起的太阳很温和，顺着河面轻轻地滑行，撩起一层层的细纹。我上了木桥，前后出现了别村的同学，三三两两。大家一见，叫一声彼此的名字，算是打招呼了，然后各走各的。

以往，我与他们遇见，招呼一声，一起嬉笑玩耍，一同走向学校。自从瘦竿和我闹崩后，他们自觉地权衡利弊，主动和我保持了距离。我理解他们，也同情他们没有主见，只会顺着强势者去。说难听点，他们是一堆软柿子，喜欢任瘦竿去拿捏。刚开始，我讨厌和鄙视他们，慢慢地，我没啥感觉了，也可以称为理解了他们。我喜欢独自行走，习惯了，才发现一人并不寂寞，独行也有乐趣。我可以尽情放飞心情，去和鸟儿们，和树木们，和河水，和落于河面的阳光，一一对话。

有一次，语文老师下课和我聊天，提到了白居易的诗《暮江吟》，让我说自己的感受。我说了白居易诗里对景色如诗如画的描写，顺便也把我一天经历的美好感受给她说了。

她听着笑了，故意逗我，说我和一路的美景是啥关系呢，引用一句"一日不见，如隔三秋"。刚说完，数学老师过来了，听到了，笑起来，说我和语文老师的谈话很有意味，有文学意味。他还特别强调了"文学"俩字。语文老师给他讲了我对一路风景的描述,夸我思维活跃,对自然万物感受很敏锐。马老师也夸我,对数字也敏感,是一颗学习的种子。语文老师讲的"一日不见,如隔三秋",我似懂非懂,只感觉读着特别美,"一日""三秋""不见""如隔",我脑海里浮现出绿意浓浓的林子里各种各样的飞鸟、河边柔软的沙地、奇幻的水波光影……

今儿,我一进教室,凭直觉,气氛不似往常,很不对劲儿。没有琅琅书声,是乱糟糟的低语。同学们没有早读,三五成堆,交头接耳,似乎发生了啥大事,商议着咋个解决。

我东瞅西望,坐在座位上,伸长了耳朵,静听他们说话。听见有个同学说:"知道吗,马老师调走了,另来了新老师教我们数学课。"

别的同学问:"为啥,马老师为啥调走了?"

议论声四起,声调越来越高。

我不相信。马老师调走了?这也太突然了!

我喜欢开朗的马老师,喜欢听他讲数学课。我对他的喜欢,更有一层敬重的意思,是特别的。他身上有异样的东西,是神圣的不可侵犯的,是让我仰视的。这东西是啥,我说不清,但很吸引我。

他为啥调走了?咋不早说一声?我满腹狐疑。

上课铃响了,语文老师抱着课本和一摞作业本进了教室。

她很平静，没表现出一丝异样，似乎不知马老师调走的事。同学们安静了，被她的安静迅速感染了。我端坐听课，可脑海里却是马老师为啥调走的疑惑。

下课后，我追上回办公室的语文老师，问："听说，马老师调走了，真的吗？"

她望着我，迟疑着，眼神黯淡下去，说："胖豆，大人有大人的事。你是小孩子，不理解。等你将来长大了，就懂了。"

又是将来就懂了，她说了不知多少遍了，我早厌烦了这个答案。

这天放学，我心情不好。

走在桥上，我双脚麻木了。满脑子的疑惑跑到了脚底，提醒我，马老师调走了，以后再也见不上了。马老师为啥调走呢？堰河的水，依旧哗哗地流着，似乎在回答我，也像语文老师一样，这是大人的事，小孩不懂。

到了村口，我站在了"旧州铺"大匾下面。我望着，望着。旧州铺在汉中是古老的村子，有浓厚的文化底蕴，是出了大学问家的村子。这是语文老师对旧州铺的评价。

她专门说："来汉中游玩的人，第一站是去勉县看三国文化，再是游览古村旧州铺。彭儒师是汉中地区所有学生的榜样，相当于关中的张载。"

我回味着她的话，再望"旧州铺"三个字。猛地，一股神奇的力量注入我的双腿，我飞跑起来，穿过村中小路，飞到了家门口。

阿黄卧在我家屋檐下，目不转睛地看着小黑。我回来了，阿黄朝我汪汪叫，向我表达："胖豆你看，小黑好好的。"

我对阿黄说："阿黄，你是好样的！"

我进了房间，取下书包，顾不得喝口水，到了竹笼前。我望着小黑，想给它说说心里话，又怕惹得它不安。我嘴唇动了动，没说啥，呆呆地站着。

小黑盯着我，说："别发呆了，你有啥心事我知道。你别胡思乱想，解决不了问题的。小孩不懂大人的事。胖豆，我要吃蚯蚓，饿坏了。"

我感应到了，很吃惊，小黑竟能看穿我的心事。

十

这天,第一节课是数学课。教室里出奇地安静,同学们端直坐在位子上,眼光齐刷刷投向门口,既盼望马老师出现,又想象着另一个老师是怎样的人。马老师调走了,全班除过瘦竿,其他同学是不舍的。

有同学小声说:"来了,来了。"

同学们更是端直了身子,目光盯着门口。

语文老师领着新来的数学老师,一前一后进了班,并排站在讲台上。她清清嗓子,大声说:"同学们,这位是朱老师。以后,朱老师教数学课。来,咱们鼓掌欢迎!"她双手一击,教室响起一阵掌声。

"嘘——"瘦竿打了个尖利的长长的口哨。

同学们抿嘴偷笑,相互挤眼,扮鬼脸。我清楚他们为啥作怪,"朱老师"三个字,他们肯定想成了"猪老师",接下来,又要取笑朱老师了。

语文老师咳了两声,再一次说:"来,我们再次鼓掌,热烈欢迎朱老师！"

我带头用力鼓掌，一个接一个，掌声响起来了，越响越热烈。

语文老师笑了，指着我，给朱老师说："这位同学叫白胖豆，数学好，语文也好，是咱班上的学习委员。"朱老师朝我笑。

我站起来，大声说："朱老师好，欢迎朱老师！"

朱老师点点头，笑了，说："你好。"他是个大胖子，个子很高，秃顶，几乎没有脖颈，眼睛又特别小，一笑，弯成了一条细缝。阳光也来凑热闹，从窗外溜进来，打着旋转的光圈刚好悬在他的头顶，瞬间，他的整个脑袋光亮亮的。

他说："白胖豆？这名儿好，与人很搭配！"

话音未落，全班大笑。

瘦竿大声说："一个旧州六只羊。"

全班又是一阵哄笑，有个同学故意把凳子弄得吱吱响。

朱老师皱眉，撑了几下眉毛，不明白咋回事。

语文老师瞪着瘦竿，大声说："赖舍文，你是好的学不到，只会说些没名堂的话！你不说话，谁当你是哑巴了？你有说闲话的时间，为啥不好好背诵课文？为啥不认真做作业？一个长条大个子，只当了一袋粮食！"她很生气。

瘦竿不怕她，辩解："你冤枉我了，我哪里说闲话了？我是给朱老师介绍白胖豆呀！他是旧州铺人，全村有六只羊。你不信？可以派人去旧州铺数一数。"

朱老师听了，扑哧笑了，指着瘦竿说："你这个同学，有意思，介绍得好！"

表扬的话，出乎了全班意料。瘦竿也没想到，愣了，再不出声了。

语文老师说："赖舍文，你站起来！"

瘦竿努努嘴，大不咧咧地站起来，头偏向窗子，不看讲台。

朱老师走过来，上下打量瘦竿，笑着说："哎呀，你长得好啊。木秀于林，你真像一根细瘦的竹竿，长得好，是一块好材料！"

语文老师抿嘴，强行忍住笑，全班更是大笑。有的同学失控了，屁股下的凳子不停吱吱叫唤，好像踩压了一只逃窜老鼠的尾巴。

毛蛋手舞足蹈，扮鬼脸，调皮地朝瘦竿挤眼，意思是，看，朱老师夸奖你呢。

朱老师一回头，刚好看见了做鬼脸的毛蛋，"咦"了一声，双眼瞪圆，盯着毛蛋。毛蛋缩了缩脖子，眼神露出怯色，学着瘦竿站了起来，头也偏向窗外。

他说："这孩子，长得也好啊！毛毛糙糙的，像一颗硕大的鸡蛋，好样的！"

全班哄堂大笑，凳子的吱吱叫声，此起彼伏。一场老鼠被踩压的叫声，伴随着同学们的笑声，声声震耳。教室里，热闹极了。这下子，语文老师也忍不住了，笑个不停，双手抚在肚皮上。

只有我没有笑。

此刻，我的眼前，闪现的全是马老师的一言一行。

他为啥走了？平日里，咋没有一点征兆？我回想马老师上课时的模样和神态，一幕一幕，从我脑海里闪过。啊呀，我想起来了。近来，马老师是变了，与以前不一样了。他不再阳光，瘦了好多，脸色发黄，衣服不整齐，头发不顺溜，人变得邋遢了。他啥时变成这样的？我疏忽了，没在意过。因为这一阵子，我埋头在照顾小黑，给小黑找肉吃，陷入我和小黑建立的快乐世界里，一点没注意到他的变化。上课，他没变，一直讲得好。也照样提问我，我的回答，他照样满意。我只在意了课堂上的他，只在意了学习，忽略了他的外貌和衣着的变化。一回想，我现在断定，他遇到啥不好的事了，一定是突然发生的。

朱老师的第一堂数学课，没讲课，全逗同学们笑了。

下午上语文课时，语文老师把瘦竿和毛蛋当众批评了几句，认为他们的言行是对朱老师的不尊重，提醒我们："课堂上，不要说闲话。老师问啥答啥。乱说话，是扰乱课堂秩序。"说话间，横扫瘦竿一眼，也瞥了一眼毛蛋。她是在警告瘦竿和毛蛋，以后上课，说话要注意。

瘦竿还准备争辩,发出不友好的咳嗽声。

语文老师脸一沉,大声说:"课堂上,不许反驳老师!有什么意见,课间说,不许占用上课时间!说闲话,既影响老师讲课,也影响同学们听课!"

教室安静了。

下午放学铃声一响,我快速背起书包,第一个冲出了教室。

语文老师今儿教训了瘦竿,我高兴。他早该被训斥了,太张狂,好像没人敢惹他,成霸王了。每天上课,他多少也会出洋相,故意影响老师讲课。可怜的一群同学,不知啥是学习,尽由着瘦竿胡闹,还跟着起哄。

走到校门口,我站在离钟不远处的一棵白皮松后面,看敲钟老人。

等几响钟声过后,最后一声咚的余音散去了,一点没了,仿佛深潭的涟漪一圈一圈荡开去,没了一丝痕迹。最后几个同学们追赶着,喊叫着,出了校门。顿时,校园安静了,很静,能听到叶子落下的沙沙声。

我从白皮松背后闪出来,慢腾腾走向老人。

他看见我了,微笑着,问:"胖豆,咋不回家?看起来不高兴,咋啦?"

我小声说:"爷爷,马老师调走了,今儿来了个朱老师。"

爷爷脸上的肉抽搐几下,说:"是的,他调走了。"

我不解，问："他为啥调走？"

爷爷没出声。

我说："我非常喜欢他的课，他走了，我心里难过。"我眼圈红了。

爷爷说："你还小，胖豆，大人的事，你不懂。"

我说："我懂，我懂。"

爷爷叹息一声，说："马老师的对象得了重病，不在了。他受不了打击，太伤心，离开这儿了。真可惜啊，他对象是邻村小学的音乐老师，听说歌唱得很好听，外号'百灵鸟'。唉，年纪轻轻的，咋得了个坏病呢！"

我问："爷爷，啥对象？"

爷爷说："咱这儿叫新媳妇，就是还没娶进门的媳妇。"

啊？一个白白净净散发着馨香的女子，很美丽，很清新，像一朵莲花，咋会得病走了？

我问："她去哪儿了？为啥要走？"

爷爷叹了口气，说："你真是个孩子，走了……就是死啦！"

啊？我脑子嗡的一声，像被扔进了一颗炸弹！我蒙了。她死了？她很年轻，咋会死？

爷爷伤感了，说："人活到一定岁数，是老死了。得了坏病，不分男女老少，也会死的。这人呀，难说，生死路上无老少。"

我浑身一颤。死了？马老师的新媳妇死了，那个活生生的漂亮的新媳妇不见了?从人间消失了?他难过,也从这儿消失了。以后,我还能见上他吗?

我问:"以后,我是不是再也见不上马老师了?"

爷爷难过地说:"见不上了,他去了很远很远的地方。"

哦,哦,再也见不上了……

我不知怎样离开爷爷的,也不知怎样走在回家的路上。

西天的太阳,哀叹似的发出红黄的光,红是刺目的,黄是模糊的,像马老师哭肿的眼睛,膨胀,无望。他哭呀,哭呀,一道一道的红,一缕一缕的黄,是他用泪水洒下的伤心和疼痛,晕染了半边天,也黄了一座山。堰河的水,缓缓地流着,拥抱了红的难过,黄的伤心,在独自饮泣——压抑的同情的饮泣!河水不敢大放悲声,怕惊了行走在遥远他乡的马老师。

人在相互拥有时,天天能见到时,不会在意对方,以为对方会永远地陪伴自己度过美好时光。猛然一天,对方不见了,从眼前消失了,无影无踪,才真正感受到对方于自己是多么重要。

马老师不见了,去了遥远的地方。我很难过,很遗憾没和他辞别。

难过和伤感包围了我,全是对马老师的不舍和惦记。

马老师不见了,这事让我懂得了一个道理,人和人的感情,是平常日子里一点点培养起来的,一个眼神、一句话、一个微笑，足以感动记忆里每一寸时光。

同学们在桥上，前后追着、跑着、叫着、跳着。他们从桥上一路跑过，越过了沙地，进入了树林。他们欢乐着自个儿的欢乐，奔跑着他们的奔跑，叫喊着他们的叫喊……

毛蛋从我身边经过，撞了我一下。

我停下，瞪他。

他也站住了，上下打量我，一脸困惑。

他问："胖豆，你哭啥子哟？"

我说："想马老师了。"

他大不咧咧地说："呀呀，他走了就走了嘛，有啥子想的！来了个朱老师，比他好玩得多哟！胖豆，你马尿真多，怪不得为马老师哭，你真有意思！"

他大笑起来，黑炭似的脸衬着白色的牙，像个暗夜里行走的小鬼。我扭过头去，不愿理他。我讨厌他，带有恨意的讨厌！一时间，几个同学聚了过来，看热闹的，也有附和的，全笑个不停，嘴里重复着说："胖豆呀，马尿真多，怪不得为马老师哭。"

我的伤心，再也控制不住了。我难过极了，猛地仰起头，两股子泪水喷涌而出。我朝着河水大喊："马老师！马老师！"

他们先是发愣，接着，嬉笑着，抱作一团。一阵嘻嘻哈哈，他们朝我指指点点，以不理解和嘲笑的举动，离开了我，向桥头跑去了。

几天后，一次课间，我问语文老师："马老师真不回来了吗？去了哪儿？"

语文老师说："马老师的对象是英雄，救了一个不小心落水的女学生。女学生被救上来了，她没能游上岸，等救上来送到医院抢救，心脏病复发，很快就走了。她和马老师，原定年底结婚的。她突然离去，马老师受不了打击，很伤心。他离开学校，去了她的家乡，要守在那里。他去了一个很远很远的地方，估计不回来了。"

我问："不是说马老师新媳妇得了重病吗？"

语文老师吃惊地说："你咋知道的？胖豆，得了重病这消息是马老师对象所在的学校放出的，有其他原因的。真正的死因，是救人溺水而亡，不是得了重病。"

我问："为啥要胡编原因？为啥不能实话实说？"

语文老师沉默片刻，漂亮的大眼睛看向窗外的天空，说："你是个孩子，不懂成人的事。不要问了，也不要再提这事了。胖豆，你要努力学习，有了知识文化，才能有美好的未来。胖豆呀，你可不要让马老师失望！"

我不说话了，也不问为啥了。我不理解，成人的世界为啥可以撒谎？而且是到处传播谎言，用谎言来掩盖事实。为什么这样？

成人的事，难道可以把事实歪曲？为什么这样？

语文老师的面庞显出难堪，我看到了她的难言，或许，她已经后悔把真话告诉了我，或许，这是成人的秘密，扯个谎言是不足为怪的。可面对一个学生，当老师的，说出了事实，反而是不合规矩的。

我是应该闭嘴，不该问的。

一段时间，在整个学校里，对马老师去了很远的地方之事，老师们表现出不同的态度。大部分老师为马老师难过，也为马老师重情重义而慨叹，一个多情的男人，为了死去的心爱的女人，去遥远的她的家乡，去守在那儿陪伴她。一提及马老师，他们发几声叹息，轻轻摇头，又重重点头。少数几个老师，认为马老师不该离开，人死不得复生，天涯何处无芳草？何苦非要一棵树上吊死呢。

这些话，全是敲钟老人告诉我的。老人眼里噙着泪，对马老师的行为很敬佩。

老人慢悠悠地说："一个开朗的男人，一个美丽的女人，一个死了，另一个伤心欲绝，不要工作了，去陪她了。一个女人，可以决定一个男人的去向。她已经死了，也有巨大威力的……人世间，谁也无法分清男人与女人的感情，也丈量不出生与死的距离啊。"他抹了抹眼角。我听不懂他的话，重重疑团挟裹着我，跌入不见底的深潭里。我无法判定马老师的行为，我真不懂大人的事。可我能感受到老师们对这件事的看法，是态度鲜明的截然相反的两种态度。

我问:"爷爷,你啥态度?"

爷爷埋头,想了一下,说:"我认为调走好,人要转换心情,先要换个环境。马老师是重情重义的人,调走了好。去他新媳妇的家乡,为情而去,这才是独一无二的马老师。"

我问:"啥叫情?情很重吗?有石头重吗?"

爷爷说:"胖豆,这是个难题,不好回答。你说水重吗?情这东西,就像水,是流淌在人心底的水,软软的,无法去衡量。每个人心里的水不一样,有的是一杯水,有的是一碗水,有的是一洼水,有的是一池水,有的是一河水,有的是一江水,有的是大海的水。心里是啥水,就决定了是啥人。"

我问:"马老师是啥水?"

爷爷说:"是一江水,汉江的水。马老师情深,才选择去遥远的地方陪伴她。"

我思考爷爷的话,能听懂对水的解释,还是理解不来情和水是啥关系。我天天见堰河的水,也见过汉江河的水,可我无法把水和情联系起来。

我岔开话题,不想听情与水的关系了。我说:"马老师走了,同学们没啥态度,来个朱老师,他们认为一样。"我对同学们的不满,也表达了出来。

爷爷说:"他们是孩子,不懂也不关心这事。他们呀,和白胖豆不一样!"

我已长到十岁出头,第一次感受到失去老师的难过和同学们不念师恩的可恶。难过和可恶，同时捶打我的心，是沉闷的，难言的疼！

一连两个月，我陷入回忆。马老师的点点滴滴，上课的情形，下课与我的交流时鼓励我的话，夸奖我的表情……在泪水迷蒙中，我统统回忆了一遍。他的微笑，他说话时翘起的嘴角，他的眼神、动作、言语……在河水的清澈里，在木桥的吟唱中，在天空的凝望下，在树林的拥抱中，一点一点，一步一步，一丝一丝，从我内心最深处，缓缓地流淌了出来……

马老师对我的影响，我对马老师的思念，是在他远去之后，在我默默地流泪和回忆里，才体现出了分量和珍贵。

我不怀疑，新来的朱老师是个幽默的人，课也讲得不错。

令我伤感的是，很快地，马老师的痕迹在班里在学校里彻底消失了。我为同学们的健忘难过、伤心、气愤。同学们对马老师的远去，没有表示出一点儿留恋和念叨，对此，我是愤愤不平的。一位可爱、可敬的老师远去了，从此见不上了，学生一点也不怀念，一个个傻子白痴似的，只管上学、吃饭、放学、玩耍、起哄，欢快自己的欢快，傻着自己的傻，这算啥呢？我只能拿爷爷的话来安慰自己，同学们不懂也不关心这事，因为没长大，是小孩。

如今这位朱老师，因不同寻常的长相、说话的语气、逗人的表情，同学们很喜欢。每当同学们夸赞朱老师时，我沉默。不是我对朱老师有意见，不是。因为，我眼前出现了干净、阳光、开朗的马老师。

如果，我夸赞了朱老师，感觉对不起马老师。

我宁愿沉默，守护着心里远去的马老师。

十一

时间过得很快,一切似乎没有变。

唯一明显的,是小黑在时光中长大了。

小黑的竹笼已换了,笼子已作为它成长的纪念品,我收藏了,挂在房间的屋梁上。如今大笼子是我仿照小笼子编制的,特意留个小门,便于小黑自由进出。我做成后,爸爸左看右看,喜不自胜,赞不绝口。

他说:"到底是我儿,儿子像老子嘛!好,真好!"

妈妈也特别高兴,拿了竹笼,前后翻看,说:"真行啊,比你爸做的那个好!"

我摸摸脑袋,面对他们的夸赞,我没啥惊喜,在我意料之中。我说:"小黑长得快,小的不适合了。我仿爸做的小笼子,照葫芦画瓢,只是放大了一倍。"

爸爸笑了,说:"行啊,懂照葫芦画瓢了?好,跟了我了!"

妈妈说:"瞧你张狂的那样,跟你啥了?我儿子呀,完全跟我了!我从村子哪家借了新式鞋样来,照着画,随意放大或缩小。你们穿的鞋，夹脚了吗？"

我抱住妈妈，说："对，妈妈本事大，我跟妈妈了！"

爸爸说："瞧你那张狂样，跟你妈啥了？鞋样咋个能跟竹笼比，没得比。"

我又一把抱住爸爸，说："对，爸爸本事大，我跟爸爸了！"

我们三人笑了，院子里荡漾起串串银铃似的笑声，飘向了空中正在探头的白云。隔壁的阿黄听到了，不安分了，使劲地叫唤："你们在干啥呢？笑得这么开心呀！"又听到牛奶奶小声教训阿黄的声音。阿黄哼了几声，安静了。

妈妈拿出一条软尺，将竹笼缠了一圈，看尺寸，说："记录小黑长了多少，量竹笼的大小就行了。我给胖豆做衣裤，用的是这条尺子，一量，便知长了多少。"

小黑长得快，也长得壮。爸爸围着竹笼，吹着口哨，逗小黑玩。

小黑越长越好看，黑色的羽毛又亮又密，一双眼睛如宝石，尤其头顶，有几撮毛高高翘起，高低粗细不等，很精神，很好玩。好几次，我捉它一根翘起的羽毛，对它说："小黑你很威风嘛，应该从笼子出来飞翔啦！"

它咕咕地叫，像是在说："不行，我没长大，我还要继续吃蚯蚓呢。"

我轻抚它的羽毛，装成大人的语气说："吃蚯蚓，那没问题的。不过嘛，飞还是需要的！你不飞，咋个知道你吃了蚯蚓身上长肉了没。"

他还是强调："不行，我没长大，我还要继续吃蚯蚓呢。"

我想，蚯蚓于小黑，相当于红烧肉于人。一年吃一顿红烧肉，是我的渴望，也是全家的期待。感觉吃了红烧肉，浑身有劲，如自行车的铁链条抹了油似的，有了力量，有了信心，有了志气。一块肉，切成薄片，放在锅里炒，再放上几样调料，煮上半小时，一出锅，香气四溢。香气是长翅膀的，跑遍整个院落。一顿美味的红烧肉，食材和调料聚集的力量，是看不见的，却在一锅一铲中蒸煮出来，咽进人的肚子，人就像浑身充了奇异的气，突然就很有力量。可见，世界的每个角落，每一种行业，都有一套自己的方法，肉眼是看不见的，直接决定着人的饮食和健康，身体和心灵。

对我来说，眼巴巴地数着日子，盼着过年，只为吃上一顿红烧肉，满足我幼小身体生长的需要，也让我的味蕾过一次无法言说的美味之瘾。

家里的方桌上，有一方小日历本，是一本厚厚的小册子。揭一张薄薄的纸，显示一个日期。巴掌大的薄纸正中间，印着糖豆大的黑色数字，是今天的日期，指明多少号了。纸张边沿，印着四排小字，黄豆般大。每天清早，妈妈撕去一张纸，一看，知道今儿到了啥日子。清明啦，端午啦，中秋啦,从日历上看的。

妈妈对时间的计算和把握,一直依靠日历。

每年春节,妈妈去街上买东西,买一本日历带回家,是怎么也忘不了的。我也看日历,真实目的,不是看妈妈关注的节气,不是为了穿新衣,而是盼着年底快来,因为新年一到,可以吃一顿红烧肉。吃了红烧肉,美滋滋的,睡一觉醒来,耳边全是噼里啪啦的鞭炮声,又是新的一年开始了。

我问妈妈:"吃了红烧肉,到了新的一年,我长高了吧?"

他们笑,说:"我们家的胖豆长了好一截哟。"

到底长没长?真的假的?结果不重要。重要的是我的"心情"长高了一截,我如愿以偿地吃了红烧肉,心情好,很满足。我的盼望,我的喜悦,我的理想实现了,所以"心情"长高了一截。这是无法表达的重要成果,很开心的成果,发自内心深处的,我称为"开心果"!

那时,心情的激动和愉悦,无法言说。正如现在的小黑,想吃蚯蚓的心情。

小黑比我有福气,天天有蚯蚓吃。它长得筋骨健壮,灵巧、机警,应该归功于吃蚯蚓。

那个黑瓷碗里,一直有它享用不完的蚯蚓,尽着它吃。我和它比起来,没有它有口福,而且差远啦,根本是无法相比的!有时我想,蚯蚓在世间到底有多少只?小黑天天吃一条，蚯蚓照样天天有。看来，这虫子有特殊本领，能让自己被另一个物种吃了，数量还继续增长，吃多少，增长多少，真有了不起的生长速度！又新奇，又叹服，不理解到底为啥，却能体会到：在大自然中，有一种看不见的神奇力量，指挥着各个物种该干啥去干啥，一个靠一个生存，个个要生活好，必须和平共处，相互尊重，把握好尺度，不准谁欺负谁，更不准谁无缘无故去侵犯和杀害谁。我敬佩每个物种，更赞叹大自然。不止大自然，在每个家庭，每个村子，每个地域，每个省，每个国家之中，也有看不见的神秘力量，从深不可测的地方投来深邃的目光，提醒每个人从哪里来，祖先是谁，应该传承什么、遵守什么、怀念和回忆什么，自己应该做什么。就像我，每次面对河、人、桥，心情很激动。我能听到来自遥远的声音，从古代来的，在我耳畔响起幽幽的话语。每次步入树林，林间飞翔的、上蹿下跳的、地上乱跑的，都向我问候，和我对话。我能听到他们在说什么，商讨什么，想和我交流什么，我也感知到了一股神奇的看不见的力量，俯视着每个生命。他们享受大自然，也有规律地做自己应该做的，从不逾越规矩。

从吃红烧肉，到小黑吃蚯蚓，再到人类和大自然，我将这些感受告诉牛奶奶。她听着，双手轻拍，很喜悦。

她说："胖豆呀，地里的韭菜，割掉一茬，再会长出一茬，是这道理。如果把韭菜的根彻底拔了，那就再没了，不可能有吃的了。人做事，要想想几代前人，甚至几十代的前人。前人咋样做事的，咱要学着样做，更要给后人留路。有了善心和回报心，对自己对他人，都有好处。可不能把事做绝做尽，不念前人的德，不想后人的路，吃得吃不得的，天上飞的，地上跑的，树上跳的，见啥就吃，一点不留，连根拔掉，是糟蹋天地恩情啊。"

我应着，领会牛奶奶话里的深意。

我说："人、老虎、狼、蛇、蝙蝠、熊猫、金丝猴、森林、原野、河流，万物一起汇聚在地球上，各有各的祖先，各有各的生活，各有各的道路，各有各的吃食，各有各的规矩，互不干扰，共同生存。地球上，物种丰富，啥也不缺，谁也不许欺负谁，谁也不许捕杀谁，谁也不许灭绝谁。"

牛奶奶"啊呀"一声，抱紧了我，说："真是个乖孙儿！你小小一个脑袋，咋懂这么多的！讲得真好！好好念书，书里道理多。我孙儿有气魄，将来有出息！"

我说："有些是奶奶讲的，有些是老师讲的，我转变成自己话说了一下。"

牛奶奶说："灵性的娃儿是这样的！别人说个一，能想出个三，这是灵性！"

我听了夸奖的话，很高兴，也害羞了。

牛奶奶看出我的不好意思，说："我孙儿真是灵醒！真的！"

我说:"奶奶,小黑长大了,我要训练它飞。"

牛奶奶说:"好呀!鸟儿飞翔是天性。"

阿黄汪汪叫起来:"小黑没长大,不能飞。"它怕我听不明白,小声哼唧,像自言自语似的,围着我的双脚转,在我裤脚上不停蹭。

这时,大门外有两个村人路过,朝门内探望,敲了两下门,说:"你们婆孙俩说啥子话?亲热得不行,能不能让我们听听哟?"

立时,阿黄扭头看大门外,咧开嘴,两条前腿跃起来,疯狂地吼叫:"不行,不行!你们不许来听,赶快滚!"

牛奶奶呵斥阿黄,对着门口说:"我和胖豆说闲话哩,你们来,咱一起说话。"

阿黄继续疯了似的朝门口吼,两个村人吓得"啊哟"几声,慌乱地摆摆手,顾不上说一句话,缩着肩膀走了。牛奶奶训斥阿黄闭嘴。我到门口张望,他们早没影儿了。牛奶奶对着阿黄,表现出生气的样子。我表扬阿黄反应快,做得好。

我接着刚才的话,继续说:"阿黄不用担心,小黑摔不着。小黑属于天空,天生会飞。我要训练它,让飞得好高好高。"我指着湛蓝的天空,给阿黄看。

立马,阿黄一改刚刚对村人的狂暴怒吼,对着我轻柔地叫了几声,双眼亮晶晶的,闪着潮湿的光,好像在说:"小黑也是我的好伙伴,我要保护它。"

牛奶奶说:"阿黄也是我的乖孙儿,天天保护小黑。舍不得它飞,是担心。"

我说:"我想训练它飞,我先试试。"

这时,妈妈来到牛奶奶家门口,喊我回家。

我应答,向牛奶奶和阿黄挥手再见。

牛奶奶再三叮嘱我:"孙儿呀,训练小黑飞,可不能急,慢慢来。你先试探它的性子,待它的胆子大了,才能飞起来。乖孙儿,可不能急,要有耐心。"

我说:"奶奶放心,我记下了。"我又特意向阿黄挥挥手,让它也放心。

回到家里,我望着笼子里的小黑,想着和牛奶奶的对话。鸟儿飞翔是天性,牛奶奶说的。我绕着笼子,左右观看,小黑不明原因,静静地瞅着我。我有些为难,训练小黑,我心里没谱。要训练它飞,先得让它出笼子。可是,小黑从没出过笼子,让它突然出来了,会咋样?我有点不放心。

妈妈放下手中的针线活,问我:"你瞅啥呢?狗瞅星星哩!"

我说:"我瞅小黑呢,哪儿来的狗和星星?我想训练小黑飞,有点不放心。"

妈妈笑了,说:"你刚才的姿势,像一只小狗,很可爱的小狗!想想,你现在离开妈妈去上学,妈妈是不是不放心,天天跟着你呀?"

我摇头,说:"不是的。"

妈妈说:"到一定时候,该干啥子,得干啥子。放开手脚,让它飞,不要怕这怕那。怕,它永远也不会飞。咱自家养的,丢不了!"

哇,妈妈支持我的想法。我欢快地扑上去,抱住她的脖子,说:"知道啦!"

妈妈紧张地说:"快放开!快放开!我的小崽子,没见我做针线活吗?我手里拿的是钢针,若扎了你屁股,你又要大哭啦!"

我松开了妈妈。

妈妈指着八哥,故作神秘地说:"看,小黑笑话你哩!训练小黑,费时间呢,从周一到周六,你安心上学。待到周末了,再训练小黑吧。"

我说:"听妈妈的话,以后我的周末给小黑。训练它飞,飞得高高的,像老鹰一样,谁也不许伤害它。"我张开双臂,扇了两下,做出飞翔姿势。

妈妈说:"一只八哥,拳头那点大,咋可能像老鹰飞得那么高呀。胖豆,啥鸟,就拥有啥天空。小娃儿,净说胡话。等周末了,我和你爸看你咋训练小黑。"

我一听,开心地转了一个圈,对小黑说:"别急,等周末了,咱俩好好说话。"

小黑缩脖子,眼神恐惧,说:"我不飞,我害怕,我不飞。"它在笼子里来回转圈,焦虑的样子,我一眼就看穿了。我想笑,又不敢笑,怕惹了它生气。

我期待着周末到来。在学校里,望见教室外面梧桐树上飞的鸟儿,想到了小黑。啥时候,小黑也能飞到树梢上去唱歌跳舞,那该多好啊。我上课走神,老师提问,我回答也没以前顺畅了。

课后,语文老师叫我:"胖豆,来,咱俩说说话。"

我自知上课表现不好,低下头,知错的态度。

老师说:"胖豆,最近没啥事吧?上课走神,想啥呢?"

我说:"老师,没啥事。我养了一只八哥,叫小黑。它长高长壮了,我想训练它飞。看到窗外树上有鸟儿飞翔歌唱,我不由想象小黑飞起来是啥样子,就走神了。我错了,老师,不该上课时走神。"

老师笑了,说:"养八哥是好事呀,人与鸟本来是好朋友嘛,与鸟儿交流。不过,在学校,应该认真听课。等放学回家了,再与八哥交流。对不对?"

我说:"嗯嗯,老师说得对。"

老师说:"养八哥可不是容易的事,需要耐心,更需要爱心。胖豆是好孩子,能养好的,我相信。"她握紧拳头,朝上一举,做出坚信我的姿势。

终于,盼望的周末到了。

太阳像天边遥远的一轮载着清泉的水车,悠悠地转到半空。天空很蓝，几朵白云像巨大的气球，飘飘然，在没一丝风的空中，闲散着。几只大气球，带着几串气泡，像极了母亲带着几个孩子，在巨型花园里玩耍。

这天气，这景象，太适合训练小黑了。

我和小黑吃过饭后，我安排小黑休息一个小时。我也静静心，想着怎样开始训练它。我头一次当教练员，就如头一次当老师，挺紧张的。我穿戴整齐，把手洗了两遍，把脸也洗了两遍，拿毛巾擦得干干净净。训练八哥，是一件庄严的事情，首先我要端正自己的态度。我整理好自己，在镜中照了几照，感觉满意了，走到了院中。我迎着灿烂的太阳，深呼吸了两下。

我上前，打开竹笼的小门，轻声说："小黑，从今天起，我承担训练你的任务。你天生会飞，属于天空、森林和小溪。小黑，不用害怕，大胆地飞。来，张开翅膀，来，张开翅膀，来，小黑别怕。"

小黑见状，恐惧地耷起了羽毛，朝后退，说："胖豆，你这是干啥呀，吓死我了，吓死我了。"一双翅膀紧张地扇动，在笼子上摩擦得扑扑响。它很害怕，我知道，它非常害怕。

我鼓励："别怕，小黑。你天生会飞，长的翅膀就是飞的，不用怕。来，飞。"

小黑瞪着慌张的双眼，吓得尖叫："胖豆你干啥！我一步踏出去，摔到地上就死啦！我不会飞，不会飞！你别让我飞呀，我喜欢待在竹笼里！"

我见它害怕哆嗦，心疼了。可它毕竟是八哥，最终要飞的。我心一横，继续鼓励："小黑，你是八哥，八哥都会飞。你不能老待在笼子里，小时候可以，现在你长大了，长壮长胖了，就要飞向广阔的天空。你看，天空很美。不要怕，小黑，我训练你，护着你。来，飞起来。别怕，飞起来，小黑。"

它惊恐万分，使劲地摆头，咕咕叫："我不飞！胖豆，我害怕，好害怕呀！我不想出去，要待在笼子里，一直待在笼子里，你喂我蚯蚓吃。我不飞，我不飞！"

"汪——汪——汪！"阿黄不知啥时到了院子，问候小黑。它很友好，眼神里也是鼓励，歪着头，让小黑别怕。小黑一见阿黄，长了精神似的，使劲地哭叫，希望阿黄救它，不让它飞了。阿黄望我一眼，尾巴慢悠悠地摇摆了几下，又汪汪叫："小黑你别怕，鸟儿天生是飞的。小黑，飞呀，怕啥呀？"

小黑近乎绝望了，狠狠地瞪着阿黄，咕咕叫着，声音是闷闷的，生气地说："好个阿黄，你算个啥东西，敢来指教我？你咋不飞，有本事你飞呀！"

我看了一眼委屈的阿黄，对小黑说："阿黄没长翅膀，不会飞，天生是地上跑的。每个人有自己的优点和特长，不一样的。小黑，你不能把怨气撒在阿黄身上。阿黄很关心你，并且鼓励你飞向天空，是你的好朋友。小黑，你咋不讲理了？"我的一通话，让小黑很吃惊，垂下头，不好意思地小声嘀咕。它吃惊的是，我看穿了它的小心思。阿黄一听我的话，高兴地眯了眼，直摇尾巴。

爸爸妈妈在屋檐下坐着，看我训练小黑。我和阿黄对胆小的小黑没办法，再召唤，再鼓励，小黑死活不出竹笼。小黑竟还大发脾气，朝阿黄发怨气。

妈妈指着小黑，抿嘴笑，说："小黑胆小，正常，从没出过笼子，第一次不要逼它飞。天下哪个小娃儿不胆小？谁不想一直待在家里待在父母衣襟下？鸟通人性，和人一样的，人是啥样，鸟也是啥样。鸟儿和人的胆子，全是慢慢训练出来的，不能着急。不会走，还想飞，亏咱家胖豆想得出，让小黑直接飞出笼子。"

爸爸点头，对着我大声说："胖豆呀，你记不记得你刚学走路时，是咋走的？是我和妈妈扶着你走的！先扶你学着站，扶着墙站。只为让你明白，人是要站着的。等你扶墙站稳了，然后再训练你独自站立。等独立站稳了，才会迈一小步，一点，一点，摔了好多跤，脸也摔破过，腿也摔破过，你哭了多少次，喊着不学走路了，害怕走路呀。我和妈妈不断鼓励你，才一步步走出了今天的你。"

我问："爸爸，我是人，小黑是鸟儿。鸟儿天生长着翅膀,和我不一样。"

爸爸说:"你天生长着腿,小时候为啥不会直接走路呢?"

我无言以对,知道自己对小黑要求高了。我望着阿黄,阿黄望着我,不作声。

爸爸从屋檐下走过来,一到院中,强烈的阳光罩住了他的头,一阵温热的气息,从他眉间慢慢散开。他走到笼子前,对着小黑微笑,伸手抓出了小黑。小黑在他的双手间发抖,一摊稀屎从爸爸指间落下。阿黄叫了一声,在提醒我。我看到了,没作声,并示意阿黄也别作声。如果小黑知道自己吓得遗了屎,会害羞的,也会产生自卑感,没自信飞起来了。阿黄懂我的心意,眼睛调皮地忽闪了几下,意思是说,放心吧,我也爱小黑。爱一个人,就给对方信心,决不会打击它。阿黄的善良,陡然触动了我。我弯下腰,感激地摸一下阿黄的耳朵。

小黑卧在爸爸手心,一动不动,缩成了一团毛球,睁大惊恐的双眼。

爸爸说:"小黑,不要怕。来,张开翅膀,扇一扇。你先感受一下,以后慢慢会飞起来的。"

小黑紧张不已,缩紧了身子。

爸爸说:"先在手上站起来,不要怕。小黑,勇敢点。"

万万没料到,小黑渐渐放平了身子,也伸长了脑袋。它慢慢地撑起身子,摇摇晃晃,可怜地无助地咕咕叫着,在爸爸手心里东倒西歪,站立不稳。

爸爸轻声说:"小黑,好样的。别怕,先站稳。"

小黑可怜地叫着:"害怕,我害怕!"害怕归害怕,它摇晃着,开始挪步。

阿黄卧在地上,一见此景,吓了一跳,脖子快速伸直,双目紧紧盯着小黑,耳朵直直竖起,同时压抑住了惊喜的喊声。小黑稳稳地站在爸爸手心,它想为小黑喝彩,但不能喊出来,怕惊着了胆小的小黑。我向阿黄投去夸奖的一眼。多亏阿黄没喊,以小黑的胆小情状,如果喊了,肯定出事。再次,我向阿黄投去赞赏的一瞥。阿黄骄傲地摇了摇双耳,眼眶潮湿了。我心一颤!阿黄很渴望我的友爱!我夸奖的一眼,友爱的一瞥,它流泪了。

它用无声的感动,提醒我:"白胖豆呀,平时太小看我阿黄了,也太小气了!"

我用眼神说:"阿黄,我没小看你。你天天保护小黑,我看在眼里的。"

我和阿黄,在无言中达成了理解,一起看爸爸训练小黑。

爸爸小声指点,训练小黑怎样站,怎样扇翅膀。小黑呆呆的,动作僵硬,担惊受怕,瑟缩着身子,不时瞅我,求救似的,可怜相十足。我静静地看,不作声。阿黄是警觉状态,也不出一声,默默瞅着小黑。阿黄只怕小黑从爸爸手中滑落,随时准备扑上去接住。它目光极其真诚,是真正好朋友的关心。

我也鼓励小黑:"别怕,小黑别怕。"

爸爸笑着,小心地把小黑放回笼子,关上了小门。

回到笼中的小黑,死里逃生似的,稳稳地站着,张头四望,感觉刚才做了一场噩梦,终于醒过来了。它脖子一伸一伸,缓解刚才的紧张,爪子牢扣在竹条上,定定地,一动不动。几分钟后,它缓过神来,开始左蹦右跳。院子里,还有阿黄,呈现出另一种模样。

爸爸大声宣布:"今天的训练,到此结束!小黑第一次出笼,感受一下离开笼子是啥感觉,啥环境,就可以啦。慢慢来,不能急,啥事都有过程,不能跳级,一步一个脚印地成长,顺其自然天性,按照成长规律进行,步子才会走得踏实稳重,路才会走得更远。一个小娃儿,从呱呱落地到长大成人,一步一步走,少一步也不行,更不能着急,很费心神呀,可不是一朝一夕的事!"

我听着,心动了,明着是训练小黑,更让我明白了父母养我的不易。

阿黄听懂了爸爸的话,对着小黑汪汪叫:"小黑,不要怕,慢慢训练就飞起来了。我刚出生,跟妈妈在一起,听妈妈教导,先走路,后跑。我从不怕!"

小黑生气了,咕咕叫:"阿黄闭嘴,你懂啥子!你生下来只会吃奶!为了让你成长,你妈妈装病,主人才把你送给了别人。别人转手,又把你送给了牛奶奶。你还有脸来指责我,回去问问牛奶奶,你是个啥东西!这么大了,还让牛奶奶喂饭吃,你丢不丢人?"

我听着,犯糊涂,问小黑:"小黑呀,你咋知道这些的?"

小黑头一昂,说:"是牛奶奶亲口对你妈妈讲的,就在这院子里。当时你妈妈正在摘青菜,一边扯叶子,一边骂害虫。牛奶奶坐在凳子上剥花生吃,边吃边说,我站在这儿,全听到了。"

阿黄不乐意了,哼了两声,甩着尾巴,翻着白眼,回家去了。

如果放在以往,我会朝小黑竖起大拇指,夸奖它,可今天,我不夸奖它,反倒要批评它了。因为阿黄当它是好友,它不能揭好友的短处。

我说:"小黑,阿黄也是你的好伙伴。我在学校的时候,是它在陪伴你,保护你,关心你!它鼓励你不要怕,鸟儿天生有翅膀,必须学会飞。你不领它的情,不知它的好心,反倒揭它的伤疤,说话太难听。你太不够朋友了!"

爸爸说:"胖豆,不要批评小黑了,小黑不懂这些。"

我说:"爸爸,小黑可聪明呢,啥都懂的。它能听懂我的话,也知阿黄对它好。它以伤害阿黄的行为,向我证明它的忠心。它吃的虫子,吃的蚯蚓,全是我找的养的,它为了吃,专门讨好我。"

妈妈惊讶地说:"小黑是个八哥,没那么多的心眼。胖豆,你胡说啥呢?"

我对小黑说:"你听,爸爸妈妈把你当八哥待,认为你听不懂人话,他们也听不懂你说的话。可我和阿黄,能听懂你的话,你也能听懂我们的话,我俩把你当好朋友对待。小黑,你要心胸开阔,真诚待人。不要以为谁给你好处,给吃的给喝的,你就当谁是好朋友,太势利了,很不好!我不喜欢势利的贪图利益的小黑,我喜欢善良真诚的小黑!"

小黑低下头,小声咕咕叫,很难为情,犯了错的样子。

爸爸说:"好了,小黑已经知错了,不要再批评了。小黑还是小孩子,犯点错正常。成长路上,谁说话做事不犯错?犯错不怕,知错能改,就是好孩子。"

小黑眼圈红了,扭个身,背对我。

我正欲说话,听见小黑小声说:"我对阿黄的态度,源于白胖豆。白胖豆一直不喜欢阿黄,我知道。白胖豆是我的小主人,也是我的好朋友。白胖豆喜欢谁,我就喜欢谁。谁和白胖豆好,我就和谁好。我只忠于我的主人,我对别人的态度,以白胖豆的喜好为衡量标准。我不懂势利,也不懂利益,我只懂忠于白胖豆。"

听到这番话,我惊呆了。

我不喜欢阿黄吗?我开始反思自己平时的言行了。小黑说得没错,以往,我是对阿黄不友好,偶尔表现出不喜欢它的态度。可我心里,对阿黄是认可的,并且是感激的。阿黄是个忠诚的朋友,不管我对它啥态度,每次它见了我,都主动打招呼,故意和我拌嘴,看似不友好,其实是逗玩的。在我不在家的时候,它一直在保护小黑。小黑看到的,是表面的态度,看不见的,才是我和阿黄真实的友情。啊,我竟还批评责怪小黑,是我的错。

我不经意的玩笑的言行,小黑看见了。

小黑看不见的,是我对阿黄的态度已转变了,而且我和阿黄成为好朋友了。

十二

周末晚上,晚饭后,我主动承担洗碗刷锅的任务。

妈妈不让,非得她洗。

我非得让妈妈休息,不让她做。

爸爸赞赏地看我,我调皮地眨巴眼睛。

妈妈笑着说:"咱家胖豆懂事了,知道心疼妈妈了!"

爸爸感慨地说:"这要感谢咱家的小黑哟!胖豆不养小黑,怎知妈妈起早贪黑养他的不易。孩子长大容易,懂事不易。"

我说:"不,要感谢爸爸。"

我学着妈妈平时做家务的样儿,先洗碗,再刷锅,最后抹灶台和案板,一样一样地做,做得很慢,做得有条有理。不管咋说,手底下陌生,拿着碗盘,怕掉地上摔破了,很小心,很紧张,心提到了嗓子眼。

庆幸的是,从头到尾,我没有摔坏一个碗盘。一切,完好无损。我总结了一点,其实干家务活并不难,平时注意观察妈妈咋做就好了，观察很重要。通过亲手做家务，我认识到这一点。我有了成就感，周身满是力量，望着一溜儿干净的锅碗瓢盆，很开心。我想蹦，蹦到树梢上唱歌，让全世界知道白胖豆洗碗刷锅啦，用行动证明，我长大了，能替妈妈干家务活了。

正准备走出厨房，我发现地面湿了一大片。是我不小心从水瓮舀水的时候飞溅出来的，也有洗碗盘的时候从盆子里飞出来的。我从门后拿起扫帚，收拾地面，一下一下地扫，把积水匀开了。

这时，我听见爸爸和妈妈坐在院子说话。

妈妈说："那个老头儿，中午又来牛婶家了，还提了一个棕色包，鼓鼓囊囊。"

爸爸说："你呀，就装没看见，别让牛婶难为情。她老人家一生不容易！咱妈活着时告诉我，牛婶当姑娘时，暗里和一个男人相好。那男人当兵走了，从此再没了音讯。家里穷，要将她嫁人卖钱，强行嫁到了咱们旧州铺。隔壁那牛叔呀，人好，却是个肺痨子，脾性不好，老骂牛婶，命短，早早死了。可怜牛婶也没个一男半女，独守了一辈寡。唉！咱妈和牛婶关系好，像亲姐妹一样相处。咱妈嫁到白家，多年不生育，受尽了家人和村人的白眼。牛婶给咱妈想法子，啥法子都试了，没用。后来，牛婶又听说有个法子，很神的，就带着咱妈去庙里求神。果然，便有了我。若不是牛婶出主意去庙里，咱妈真是难活人。如果咱妈继续生不出娃儿，不被咱爸打骂，也被白家家族和村里人的唾沫星子淹死了。咱妈一辈子，为啥很爱惜那件红绸棉袄？那是神衣，在庙里求来的！穿在身上聚了神气，就给白家送来了我。"

妈妈说："为啥牛婶不求一件红绸棉袄呢？"

爸爸说："听咱妈讲，庙里的大和尚说了，牛婶没了男人，注定孤苦。"

妈妈说："红绸棉袄另有事情吧，与牛婶关系不大吧？"

爸爸说："我说有关系就有关系！就因为那件红绸棉袄，咱爸狠打咱妈，非让咱妈说个来头，逼问咋来的，像审犯人似的审问咱妈。咱妈说实话，是牛婶陪她进庙祈祷时神送的。回来后，她就怀上了我。我出生后，牛婶逢人便说，我是神恩赐的。咱爸偏不信，老是打骂咱妈。这神呀，是看不见，却是要信的！没有神，人太狂妄，太自大。世界咋来的？为啥人和人、物和物有差别，可又能和平相处？这全是神安排的！咱爸妈结婚多年，没有孩子，进庙拜了神，才有了我这个顶门杠子。咱爸性格暴躁，不是打咱妈，就是喝酒，硬是把自己活活喝死啦！一想到这些，我就心痛。我不能闻酒，更不能喝酒，对酒精过敏，就是咱爸遗留下来的病灶。后来，你和我结婚，咱妈整天抱着红绸棉袄。你怀上胖豆后，妈暗地里给我说：'神说了，花儿会生个大胖小子的，白白胖胖的小子，很灵醒，通神性的。'你信不信？咱妈说得准吧。"

妈妈深吸一口气，说："咦，真是神奇啊。我怀了胖豆，三个老中医给我把脉，一口咬定，定是个女娃子。为此，我准备的衣物全按女娃子做的。只有咱妈，非说是个大胖小子，还让我等着瞧！结果，生了咱胖豆。咦，你这一说，我也相信这红绸棉袄是神物了。你说说，这世上真有神吗？咱妈走时，再三叮嘱，让我保护好红绸棉袄。我压在衣柜底下，时间长了，我竟忘了。真是怪了，被咱胖豆找到，剪坏了一只袖子，太可惜了。"

爸爸说："孔子说不语乱力怪神。孔子是啥人？大圣人，他不讲有神没神，证明就有神！咱们普通人，只管信！没神，哪来我，哪来胖豆？神在天上呢！头上有神明，做事要三思。咱农民可以没有文化知识，只要懂得头顶上有神在，人人便有辈分大小，人人便讲规矩守信用，全是安分守己的好人。"

妈妈哧哧笑，说："你呀，认了几个字，讲孔子？吓唬我这个文盲呢！"

爸爸说："我也是个文盲，没啥知识。以前当工作组成员，被派到县里学习，见一个老先生读《论语》，我好奇，他给我讲的。其实孔子说的话，咱们农民在照着做，只是不会说那些文绉绉的话。那些道理，早已渗入血液了，几千年了，不用谁教，也不用谁来强制，大家自动照着做。"

我听到"孔子"俩字，手里的扫帚掉在地上了：爸爸竟然说孔子？

我弯腰捡起扫帚,放在门后,拉好厨房门,走到了院中。妈妈看我,朝我笑,意思很明白,夸我是个懂事的娃儿。

爸爸也笑,说:"胖豆,来,到我身边来。"

我说:"爸爸,我们语文老师讲孔子了,说他是大圣人,是天下所有读书人的老师!语文老师还讲了,孔子说过:'学而不思则罔,思而不学则殆。'"

妈妈"哎哟"一声,一把搂住我,说:"我胖豆也知道孔子,还会讲孔子的话,真行啊!啥意思?快给妈妈讲一下。"

我神气十足地说:"孔子的意思是学习和思考要结合。读书不思考,就像吃饭不消化,不能理解书上的意思,不会真正掌握知识;只空想不去读书,不踏实去探索,得不到真正的知识。"

妈妈紧紧搂着我,说:"哎呀,倒来倒去的,啥读书啥知识,我脑子乱啦。"

我说:"这都是我听语文老师讲的。老师还讲了,孔子伟大的贡献,是提出'仁'的思想,让人要善良真诚,多理解多宽恕别人。己所不欲,勿施于人。"

爸爸发出"哟嗬嗬"的感叹来,很响地拍着大腿,一把拉过我,说:"胖豆都懂这些啦!还讲'仁',这个字我听那个老先生讲过,很深。胖豆,一定要听老师的话,好好学习!那个读《论语》的老先生问我是哪儿人,我说旧州铺的。老先生说：'可别小看旧州铺，出了彭龄这样的儒学大师，人称彭儒师！'"

妈妈说："那彭儒师如果活着，肯定讲孔子。"

爸爸说："那是肯定的，他就是儒学大师！"

我听着爸爸妈妈谈论孔子，很新奇。整天在田里忙农活的爸爸，嘴里说出孔子，让我很诧异。在我的认识里，只有学校的老师才知孔子，懂孔子说了啥话，是啥意思。妈妈整天做饭洗衣搞家务，还割猪草，竟也说孔子，喜欢听孔子的话。我的爸爸妈妈是农民，对孔子很敬重，崇拜的态度很明显，还让我向彭儒师学习。我的心里，对爸爸妈妈的尊敬，比以前任何时候都更深了。其实，"己所不欲，勿施于人"这一句话，是马老师第一次教导我的，不是语文老师。我为了让爸爸妈妈信服我的话，就谎称是语文老师说的。

那次，马老师和我说起瘦竿抄作业的事。他是反对的，认为抄作业是欺骗老师，是做人不诚实。我说瘦竿要抄的，抄了和我是朋友，不抄，不是好朋友了。我还讲了瘦竿要我们服从他的命令，特别是在假期，他就是几个村孩子们的大班长，谁不听命令，他拿木棍打谁，命令孩子们一起孤立谁。马老师听完后，说了一句孔子这话。我问啥意思。他让我以后慢慢体会，说这是孔子说的。

后来，语文老师讲孔子《学而》篇里几句话时，我特意伸长耳朵听，可语文老师没讲这句话。下课，我问语文老师，

"己所不欲，勿施于人"这句话啥意思？语文老师给我做了解释。她说："这句话就是说，自己不愿承担的事，不要强加于别人要求别人做。"我觉得马老师把这话用给瘦竿，有一点过头了。哪方面过了？至今，我没搞清楚。

我说了一句"己所不欲，勿施于人"，爸爸妈妈喜不自禁，好像我将来能成为孔子似的，让他们充满了希望和期待。他们精神为之一振，爸爸脖子挺直了，妈妈脸上闪出了光彩，和以往完全不同。

晚上，我睡在床上，迷糊中，感到妈妈过来给我掖了几次被子。她动作很轻柔，如一缕从窗外跳入的轻风，扑在我面颊上，痒痒的，很舒服。我闻见了，她的鼻息里飘荡着温柔的香气，像栀子花的味道。她在我脸上轻轻亲了几下，又掖了掖被角，轻轻关上门，飘然而去。

睡着睡着，我突然醒来了，肚子不舒服。我看了一眼闹钟，晚上十点半。我悄悄起床，披上衣服，去了后院上厕所。我蹲在厕所，听到隔壁有说话声。我细听，是从牛奶奶家传出来的，一男一女在说话。是谁呢？我抱着好奇心，提上裤子，出了厕所，趴在墙缝看。

昏暗的灯光下，是敲钟老人和牛奶奶坐着说话。俩人中间隔着一张脱了漆的旧方桌，四目相对。我心嗵嗵地跳，这么晚了，他们在说啥呢？好奇心拉住我的脚，我怎么也走不脱，只好继续听下去……

敲钟老人坐在凳上,双手抱膝,目不转睛地望着满面皱纹的牛奶奶。牛奶奶也一样,望着满面沧桑的敲钟老人。

牛奶奶说:"这些年了,你还一个人过活,找个老伴吧。平时,有个头疼脑热啥的,有人照顾,不孤单了。"

爷爷摇头,说:"不找了,我心里只有你。我一辈子守着你,谁也不要。"

牛奶奶说:"我命不好,实在拗不过父母呀,卖了我得的钱,好给我哥娶媳妇。唉,我是没有办法呀,拗不过他们。你为啥没有一点音讯呀?为啥?我对不住你。"

爷爷说:"不怪你,怪我参军去的时间久了。整天忙着打仗,部队天天换地方,东奔西跑,在子弹里跑,在死人堆里跑,提着脑袋在跑,也不知哪天就没了命。战场上,子弹可没长眼睛。今儿活着,说不定明儿就死了。这样的日子,我根本没时间联系你,也没法找人替我写信给你,只怪我没文化,不识字,睁眼瞎一个。我心里有你,只有你一个,可我没法说,说不出呀。"

牛奶奶说:"茶镇来人,传言说,你在战场上走了,被子弹吃了,不在人世了。唉,当时我才刚刚嫁给这牛家的病瘫子!我撑着活下来,是要知道你到底咋样了,死了还是活着。不明不白地没人了,连个尸首也不见,我心不甘啊。"

爷爷摊开双手,说:"你看,我现在,这不好好的嘛。"

牛奶奶想要放声大哭,又怕被人听到,也尽量不让自己失态,浑身抖动。

爷爷说:"我活着的心愿,是见到你。我这辈子,欠你的。我在学校里敲钟,离你很近,空了,就来看看你。我有钱,给你买东西吃,让你尽可能地开心,弥补我以前的欠缺。这样,我才能稍稍安心。"

牛奶奶说:"你托人送我的阿黄,一直陪着我,是我的伴儿。我现在,不孤单。以后,你别买东西了,留着自己吃。你身上有伤,吃好点,别亏了身子骨。"

爷爷说:"没事,我是个老爷们,身体好得很。只有你高兴,我才高兴。"

牛奶奶把箱子打开,说:"你看看,里面全是你买的好吃的,糖呀,果呀,瓜子呀,花生呀,样样不缺。我牙不好,吃不了了。"

爷爷说:"你攒着干啥呀!天天吃,多吃,想吃啥给我说,我给你买。我一直供你吃,一直供。你别攒,咱现在不缺钱!"

牛奶奶哽咽着,趴在箱子上,嘴里说的啥话,我听不见了。

爷爷说,一直给牛奶奶送好吃的,那箱子里肯定全是吃的。平时,牛奶奶经常从箱子里摸出糖果花生给我。

我难过了,不由得流泪了。只见牛奶奶捧起一把东西,脸紧贴在上面,哭成了泪人儿,身子剧烈抖动。内心有多大的委屈，一个人才能哭成这样。我没见过大人哭，第一次见牛奶奶哭得如此伤心，我的身体如沸水一般，灼痛又震撼。

我更难过了，泪水刷刷流。

爷爷说："可怜的你，一辈子吃了个哑巴亏，有苦无处说，有苦说不出啊！"

牛奶奶抬起脸，说："你还不一样，有苦无处说……在学校敲钟，不就想离我近一点，方便过来看看我。你的苦，你的难处，才叫说不出……"

爷爷抹把泪，说："咱活着，是苦，无法说呀……"

我听着，难过很，止不住哭出声来，连忙捂住了嘴。不料，脚下一滑，差点绊倒。房子里没声音了，估计我弄出的声响被牛奶奶和爷爷听到了。我弯下腰，快步溜回房内。

似睡非睡，过了迷迷糊糊的一夜。

早上醒来，听到妈妈在使劲叫我："胖豆快起床，吃饭上学啦！"

我应一声，穿好衣服，到了厨房。妈妈下了一大一小两碗挂面，汤上漂着细碎的香菜叶子，碗底卧着一个鸡蛋，我和爸爸一人一碗。我埋头吃。爸爸端着大碗，吸溜两口清汤，畅快地哈了一声。最近，爸爸在县城找了一份搬水泥的工作，早上和我一起从家里出发。一出家门，一个走向学校，一个骑自行车驰向县城。

爸爸往嘴里扒拉面条，抬眼看我，问："咋个啦？眼睛咋肿了？"

我摇头，继续吃饭。

我不想把昨晚上看到的事告诉爸爸妈妈。牛奶奶可怜，一箱子好吃的，舍不得吃，哭得伤心样，揪我的心。敲钟爷爷也可怜，为了能看见牛奶奶，从西乡的茶镇来到勉县的学校敲钟看大门。虽然，我不懂大人间的事，不明白他们为了啥这样，可我知道马老师的新媳妇死了，马老师变了个人，而且离开了我们，去了很远很远的地方。

妈妈勒着蓝花围裙，收拾东西，说："爸爸问你话呢，咋个啦，眼睛红红的？"

我说："没啥。昨天帮老师把作业抄到黑板上，可能是粉笔灰掉眼里了。"

爸爸说："做事小心点，我以为你得了红眼病，想着晚上买眼药给你滴上。"

爸爸对我的关心和疼爱，总在不经意间。

吃完饭，妈妈送我们父子到家门口，叮咛再三。我知道她是关心爸爸，故意对着我俩说，话尾处，目光是落在爸爸身上的。我明白呢，朝她扮鬼脸，翻白眼。

十三

我走在去学校的路上,顾不得和树林里的鸟儿们打招呼,也顾不上和小河的波光对望,更顾不上体验木桥的吟唱,一口气跑进了学校大门。

还不到敲钟时间,爷爷起床早,正清理校门口的落叶和杂草。满地的落叶和灰尘,在扫帚间浮动,哗哗哗地响。

我走过去,叫一声:"爷爷,早上好。"

他抬头,微笑着说:"胖豆,今儿个咋来这么早的?"

我说:"想来和爷爷说话。"

爷爷说:"好哩,边扫地,咱俩边说话。"

我心里紧张,怕他看出什么苗头,问:"爷爷,你一个人孤单不?"

他停下了扫帚,认真地看我一眼,有点愣神,但是他马上笑了,继续弯腰扫地,说:"我是个老头子啦,不孤单,天天看着你们这群小家伙上学,读书,放学,玩耍,我咋会孤单哟。"

我听着他的话,闻到了欺骗的味道。他表情有变化,言语是无力的，有强装的味儿，也不敢正眼看着我说，明显有躲避和隐藏的意思。我默默地看着他，不知说什么好。他一下、一下、一下地扫地，节奏很均匀，叶子一片、一片、一片地堆积起来，连及地面的尘土。他右腿一伸，像蹲马步似的，左手稍一用力，扫帚将所有的叶子和尘土一股脑儿推移到垃圾堆跟前去了。他跺跺脚面的浮尘，拽了拽衣角，把扫帚倒立，朝地上蹾了两下，才放在了屋檐下。然后，他潇洒地拍拍双手，挺直了脖子，微笑着看我。我能想象得出他年轻时的模样，像马老师一样，阳光、干净、利索。牛奶奶有眼光，喜欢他。牛奶奶年轻时，应该是个好看的女子，和马老师的媳妇差不多吧。她现在老了，腿又不好，满脸皱纹，我想象不出她年轻时的样子。

他说："快上课了，要打预备铃了。"他暗示我去教室，不想和我再说啥了。

我转了话题，希望和他多说一会儿话，说："爷爷，我想要八哥说话。"

他一愣，说："你急啥子哟，八哥说话容易哩。长到五个月，开始换羽毛，换至一半左右，教它飞。等会飞了，给它捻舌，就可以调教它说话了。"

我说："已经换了一半羽毛了，我正训练它飞哩。"

他说："对，训练它飞，鸟儿的天性是飞，不会飞，只说话，也没啥意思哟。"

突然，我的眼泪涌了出来，哭着说："我一定要让八哥说话，不让它受一点委屈。我让它有苦全说出来，一定要全说出来！"

爷爷没想到我会哭，哄我说："胖豆是个好娃儿，八哥会说话的。它跟着胖豆，不会受委屈的，不会的。"

我打着哭嗝，说："人会受委屈，长着嘴，也有说不出的委屈。我非让八哥说话，会说话的八哥，不会受委屈。有委屈，会全说出来的。"

爷爷脸色变了，说："人不用捻舌，能说话，可有些话不能说出来。八哥会说话，是人调教的，说什么话，由人决定的。人比八哥活得累呀，累很多呀，有些话呀，永远是不能说的。"

我抽泣，无法控制情绪，近乎喊着说："我要一只会说话的八哥，不让它受委屈，让它活得轻松，一点不强迫它！它想说啥，我让它尽情地说！"

爷爷呆在原地，定定地望着我。

泪水如河水似的铺满我的脸，滔滔不绝，我顾不得擦拭，扭身向教室跑去。我呜呜哭着，跑着，在教室门口，我遇到了瘦竿。

他瞅着我，问："呀，'一个旧州六只羊'，你哭个啥子？"

我没理他，走到了座位上。我快速扯起衣襟，胡乱一抹，脸上的泪擦干净了。

瘦竿坏笑着，朝我走来，幸灾乐祸地说："是不是你的八哥死了？"

瞬间，我憎恨起他了。他太恶毒了，咒我的八哥死，真是个大坏蛋，敢说我的八哥死了，太坏了！他见我不说话，眉头一撑，更是幸灾乐祸了。他是一头狸猫变的，活脱脱的丑陋的可怕的狸猫，专门欺负老鼠一样的同学们。这只可恶的狸猫，正在诅咒我的八哥，还幸灾乐祸地笑。

我瞪他，大声说："我八哥活得旺旺的，它不死，会把你急死的！"

他脸上的笑僵了，是僵死了。可能没想到我会反驳吧，他受到了重重的反击。

我出了一口恶气，终于出了一口恶气，心绪渐渐平静了。

我大声说："你能不能说点人话？能不能发点善心？你求我的日子，难道你忘了？同学们害怕你，你记着，我白胖豆可不害怕你！"

瘦竿咬牙切齿，眼睛撑得大大的，更像一只恶狠狠的狸猫，发狂似的吼叫："白胖豆，你个不知死活的东西！哼，你有种！好，咱走着瞧！"

瘦竿大声一吼，毛蛋和几个同学凑过来。他们以为我和瘦竿和好了，在一起大声说话。同学们朝我们笑，带着讨好我的意思。

毛蛋用夸张的声音对我说："胖豆，你咋个啦，最近不和咱们一起玩了？"

我没理。我不喜欢毛蛋的奴才相，更看不惯他当瘦竿的狗腿子，我鄙视他。

就在这时，瘦竿扬起胳膊，用力一抡，面目扭曲了，吼叫："滚！一群蠢蛋！"

刚好，朱老师夹着书到了教室门口，听到了瘦竿的话。他先是脸一拉，接着，眼睛一眯，笑了。

他说："一群蛋是圆的，不用说也会滚，蠢的更会滚，滚得到处都是。瘦竿，你可不行，怎么着自己也不会滚，踩着滚，也还绊倒人，只有被折断了，才规矩！"

全班同学笑。

毛蛋捂着嘴，生怕被瘦竿看见，压抑着笑声，扭过身子去了。同学们的笑声闷闷的却又掩盖不了，竭力在控制自己发声，因为他们害怕瘦竿。

我没笑。

我听到了后一句，笑不起来。同学们听到了前一句，认为很好玩，发笑。

朱老师看着我，大声说："豆子是长在土里的，很稳当，很牢固，很扎实！"

从这句话开始，朱老师在我心里的地位，抬高了。不是因为他夸奖了我，而是他细眯的眼缝里，是有亮光的，箭头似的隐藏着，平时不易透出来。一旦透出一丝，便是犀利的，是一针见血的。对，"犀利"这个词，语文老师在讲鲁迅时，特意强调，我前两天学到了，此时用给朱老师最合适。

这节数学课下了后，朱老师专门走过来，摸我的头，说："胖豆，好好学习！"

我点头，说："朱老师，我记下了！"

朱老师说："马老师喜欢你，我也喜欢你。"说完，他夹起书，出了教室。

同学们不知我俩说了啥，一个个朝我望，脸上布满好奇。我心想，你们也有好奇的时候，你们的好奇用错地方了，我的好奇用给了大自然，用给了牛奶奶和敲钟爷爷，从不用给同学们。我昂起头，出了教室。我故意在教室外面大声笑，用力地笑，和别班的同学追来赶去，用力地玩耍。

下午放学后，我不像以往，没有第一个冲出教室。

瘦竿有意想找我茬，慢吞吞地等我，想和我一起出校园。毛蛋和几个同学围在他四周，几个人交换着眼神。

我云淡风轻地背起书包，朝校门口走去。

天空很蓝，空气很香。

云淡风轻，是语文老师讲课过程中形容天气时说出来的成语。我喜欢，云淡，风轻，想一下，有飘飞起来的感觉，与天空紧紧拥抱，成了天空的白云，自由自在，随风飘荡。我喜欢用这个词来形容我的心情，恰到好处。

走到校门口，我朝爷爷跑去。

瘦竿他们没料到我这个举动，他们停步，躲在了两棵树后面，偷偷观察我。

爷爷好像忘了早上与我见面的事儿，啥也没发生似的，热情地叫我："胖豆，放学啦。"

我说："爷爷，我听说您是军人，我想知道打仗的事儿。"

爷爷脸上浮现出异样的光彩，好像他的军功章丢失了多年，猛然找到了，有人送了来，令他喜出望外，问："你个小鬼，咋知道的？"

我说："听别人说的。"

他问："谁说的？"

我眼珠一转，说："以前的马老师告诉我的，我一直没敢问。"

他一拍大腿，笑了，朗声说："这有啥不敢问的！"

我说："爷爷，打仗是不是很害怕和家里失去联系了？"

他说："是呀，打仗是残酷的事儿，谁也不敢保证能活着回来，可是拎着脑袋的事。战场上，子弹飞来飞去，苍蝇一样嗡嗡叫，稍不留神，没命了。"

我问："您身上的伤多吧？"

他瞅着我，表情像个将军似的，说："你个小鬼，像个卫生员，咋啥都知道似的，咋知道我身上有枪伤？"说着，他挽起裤腿，让我看伤口。

好可怕的伤口，触目惊心！

我不敢看,坑坑洼洼的皮肤,青紫色的,像一块破旧的老树皮,上面零星长着几根残存的汗毛,哎呀,咋看也不像人腿。

他说:"胖豆你来摸摸,这里面打进过四枚弹片子,医生做手术时没了麻药,直接用手掏出来了,没人不佩服我是硬汉。我在战场上,端起机枪扫射敌人,第一个冲上去,敌人害怕我呢!"

我问:"爷爷你不怕疼吗?掏弹片?多疼呀!"

他眼眶红了,说:"人是肉长的,咋不疼?你用扎针几下,疼不?肯定疼嘛。一心想着,一定要活下来,要回家来,啥也能承受了……"

顿时,我眼前出现了年轻时的牛奶奶……她笑吟吟走过来,叫着我名儿,胖豆,乖胖豆……一个人,在战场上想着一定要活着回来,啥苦也可以承受,掏弹片没麻药也能忍受,一定因为他心里存放着一个人,这人就是牛奶奶!

我敬佩地说:"爷爷,我很敬佩您,您是大英雄。"

爷爷说:"英雄的代价,是生命换来的,用死换来的!那份苦,说不出,全让'英雄'俩字给掩盖了。有苦,说不出。胖豆呀,你要好好读书,做个有文化的人。爷爷没有文化,是个睁眼瞎子,一身蛮力,只会打仗。上级发的文件读不了,安置个工作担不起,没有文化很可怕,很可悲。一定要有知识,才有前途。"

我说:"爷爷,你说话挺有水平的。"

爷爷说:"说话只是说,字要认。说和认不是一码事。文化人话说得少,认字多,会写,用写来说。只有我这睁眼瞎子,全凭一张嘴,也不知啥该说,啥不该说,不讨人喜欢。这不,从农村出去,中了几枚子弹,带着伤又回到农村来了。一言难尽啊!说到底,还是农村适合我,没文化,图个自在。咋舒服,咋来!"

我听着爷爷的话,想到马老师。

爷爷是大英雄,回到农村来,是不是和马老师一样有啥伤感的事儿?环境可以改变心情,农村的自然风景让爷爷心情好,生活舒坦。他回来了。他扫地,敲钟,去看牛奶奶,给牛奶奶买好吃的,和牛奶奶说说心里话,这是他的舒畅生活,自在生活。

这一刻,我完全理解了去了很远很远的地方的马老师。

他去寻找的,是他喜欢的、追寻的、惦念的、遗憾的。他寻找的是啥东西?我能隐约体会到,但说不清楚。成人的世界,我用体会和猜测来判断,我能做到的,仅是这点。

站在树背后的瘦竿一伙,见我和爷爷聊得兴致高,便等不及了。他们一个接一个地出了校园,不时扭头看我一眼,是不怀好意的目光,有足够的挑战。

十四

我心一沉,有了怯意,忐忑不安了。

"忐忑"这俩字太好了,心是七上八下,形象,又具体。

语文老师讲作文课时,提到了这俩字,我立马记住了,由衷赞佩汉字的伟大和神奇,用方块的"棱角"表达了"细腻"的情感。这世界上,有什么文字能比汉字更神奇,更长远,更具有深厚意义呢?

语文老师批评同学们作业本上的汉字写得歪歪扭扭,她很生气,认为他们愧对汉字的美感,愧对创造汉字的祖先。

她说:"中国文化源远流长,汉字代表了汉民族。一个个方块字,有象形的,有会意的,有指示的,证明、书写、解释、代言了一切。"

她在黑板上写了"日"字和"月"字,再画了一个太阳和月亮的图形,让我们仔细观察。

忽然,我封闭的心窗打开了,"日"字和"月"字代表的意思,一目了然。

她又在黑板上写了"人""从"和"众"字，写了"木""林"和"森"字，让我们仔细看，代表什么意义。

同学们哇哇叫着，睁大了双眼，新奇，惊喜。汉字像魔术，变幻万端，忽而一个单字，忽而两个相随，忽而三个相叠，在"方块"的园地里，蹿上跳下，"自由"地倾吐自然万物，有名有姓，有模有样，仿佛晨间林中的鸟鸣，唧唧啾啾，直接简单，又复杂多变。

庆幸，我是个中国人，拥有神奇的汉字和文化。一个一个汉字，像夜晚的星星，引领我在黑夜里前行，探寻世界的奥秘和自然的节奏。黑夜有多长？我无法得知。无数璀璨的星星布满夜空，眨巴着眼睛告诉我远古传来的歌谣。从黑夜出发，引领着人类的祖先，从河流开始，从山川开始，从一座一座搭建的木桥开始，步子艰难，唱着跳着，吆喝着走到了今天。汉字，记载了他们对天地的认识，传递了他们过往的足迹，他们举起一束一束的火把，开启了明亮的未来。

"汉字，代表了汉民族！"

"汉中，是汉人的老家！"

老师的话，再次在我耳边响起。

"忐忑"这俩字，此刻，代表了我内心真是不安！

我没办法讲出来忐忑的情绪，紧张和烦乱缠绕了我。瘦竿欺负人的方式，我憎恨，也畏惧。他有欺负人的天分，懂得咋个欺负人，孤立，侮辱，打骂，懂得借用他人之力，达到自己目的，不费一枪一弹。

此刻，我看着爷爷，想到了应对办法。

爷爷是善良的、勇敢的，是上过战场的大英雄。瘦竿敬佩爷爷，他告诉过我的。瘦竿是个独火虫，很自大，很张狂，谁也不怕，谁也不往眼里放。他唯一对爷爷怀有敬佩，爷爷是他唯一另眼相待的人。

瘦竿这人，和我们不一样。他有理想，怀有强烈的英雄梦，一心想当大班长，也就是司令官。他通过欺负同学，来满足他心里的需求。欺负了同学，他有高高在上的优越感，好像欺负了别人，才充分展示了他的英雄气概。

以前，他对我友好，是为了寻八哥。他想要八哥，以他的话说，想得睡不着觉。他对我保持了难得的忍耐，一忍再忍，只为达到目的，让我帮他找到八哥。那段时间，我成为同学中的特例，受到了他的特殊对待。他心里很不美气，以他的个性，压抑到极点。如今，借着各种机会，他想收拾我了。我笨拙，不会打架，害怕他。

上次，他聚集了一伙同学想收拾我，我跑到爷爷那儿去说话，算是躲过了。他们未达到目的，一直在再找机会。我也再找机会，让他们收拾不上我，而且要断了他们收拾我的念想。这次，我还得跑向爷爷，去求助。

我到了爷爷面前，说："爷爷，有人想欺负我。我害怕，您能不能送我回家？"

"谁敢欺负胖豆？走，爷爷送你！"爷爷抬眉，一咧嘴，大声说："谁个胆大，吃豹子胆了，欺负胖豆？"他放下裤腿，锁了房门，和我一起出了校门。

果不其然，瘦竿一伙人在桥上戏耍，你呼他叫，你追他赶，喊声震天。

瘦竿一眼看到我和爷爷走了过来，赶忙打个口哨，制止了喊声。

桥上安静了，他们一起瞅着我和爷爷。

爷爷见他们玩耍突然停止了，问我："是不是这伙人？"

我点点头。

爷爷说："那个瘦高个子，不是和你关系挺好吗？今天咋个啦，欺负你？"

我说："他老是欺负同学，对我好是想要寻八哥。八哥拿到了，就又想收拾我。"

爷爷说："小小的孩子，还想欺负人？看我咋教训他们！你别怕！看爷爷的！"

我和爷爷上了桥，爷爷在前，我在后。

瘦竿示意别的同学不要动，他一个人朝我们迎面走来。

我紧张了。这瘦竿，太胆大了，连爷爷也不怕，准备直接收拾我。万万没想到的是，瘦竿到了爷爷面前，恭恭敬敬地躬了一个躬，说："爷爷好！"

我后退一步，心想，他这样是要干啥？

瘦竿一脸谦虚，从未有过的表情，说："爷爷，你是大英雄，很了不起的人！我最敬佩你了，向你鞠躬！爷爷，你去哪儿呀？我陪你去！"

爷爷朝我望一眼，瘦竿的言行，显然超出了他的意料，让他多少有些难以理解。他说："我送胖豆回家，怕有人欺负他。"

瘦竿眼里闪过一道怪异的光，笑着说："谁敢欺负胖豆，有我呢，我保护他！"

我气坏了，咬起牙来。瘦竿说出这话来，啥意思？倒显得我心事多，冤枉了他，让爷爷对我有看法，以为我人小鬼大，给瘦竿泼脏水说坏话。咋办？我紧张了，手心出了汗，不由自主地拉了拉爷爷的衣角，暗示他别信瘦竿的鬼话。瘦竿是在故意作怪，我说的才是真话，爷爷你要相信我呀。在这种情形下，我能做的，仅止于这点，再别无选择了。

爷爷对瘦竿说："我认识你，高个子，你和胖豆关系好。你个儿高力气大，送胖豆回家，我放心。明儿一大早，我站在校门口，等着问胖豆受欺负没！"

我一听，心里轻松了。瘦竿的出色表演，爷爷心里有数。

"爷爷，你放十八条心！"瘦竿高兴地走过来，一把搂住我的双肩，亲热地说，"走，胖豆，我送你回家，看谁敢欺负你！"一字一句里，弥漫着火药味儿。

我挣扎，想摆脱瘦竿。瘦竿把我摁得紧紧的，我只好跟着走。

爷爷安慰我说："胖豆，你放心回家！"

十五

一路上，瘦竿没有为难我，一直搂着我的双肩走。

他和我走在前，几个同学走在后。

一路上，没一人说话。脚下扑沓沓的走路声，此起彼伏。

一行人沉默地走着，走过了桥，穿过了树林，把我安全送回了村子。

到了村口，瘦竿怪声怪气地问我："白胖蛋，谁欺负你？还让爷爷送你！"

我头扭向一边——竟然故意叫我"胖蛋"，不示弱地说："谁想欺负我，自己知道！"说话间，我扫他一眼，暗想，哼！做贼心虚，还明知故问！

他眼光溜出一丝狡黠，说："我保证没人欺负你！走，送你到家里，要不半路出来个欺负你的人，我明天没法给爷爷交代！"

我带着胜利者的口气说："好了好了，我安全了，不用送了。"

他咬着牙根，眼里流露出不甘心的光芒，拍着胸脯说："那可不行，我要送你到家里，完成爷爷交给的任务！男子汉大丈夫，我瘦竿说到做到！"

没办法，我只好让他们送。今天是破例了，我没有飞跑到家门口，头一次破例了。我领着一伙同学，到了我家门口。

牛奶奶恰好在路边嗑瓜子，瓜子皮在她脚下零乱散落，她双唇轻吐，瓜子皮一分为二，从胸前缓缓下坠，如中秋的银桂落下的花瓣，一片，又一片……我看一眼牛奶奶。她苍老的脸上布满苍白的无言，双眼盯着远方，不知在凝望什么，在等待什么。阿黄在树边拉屎，见了我，害羞了，眼神里满是难为情，不好意思地哼了两声，扭过头去。

毛蛋指着阿黄，嘻嘻笑，说："这狗拉屎，还知道害臊，不好意思呢。狗没脸皮，看看，这狗还要脸呢！你们说怪不怪？"

几个同学偷偷笑。

瘦竿拍拍毛蛋的头，以司令官的口气教训说："毛蛋你是少见多怪！有啥怪的？怪就怪在这狗见了胖豆害羞！"

我生气地说："它比人强，有些人连害羞都不会！"

毛蛋问："胖豆你说谁呢？"

牛奶奶转过头，看到我们人多，又在争吵，不解地问："胖豆，咋了？"

我说："奶奶，没事，同学们送我回家。"

牛奶奶笑着说:"这么多同学来了,看小黑的吧?"

瘦竿眼珠快速转动,来了热情,脸上堆满笑意,说:"对对,奶奶说得对,我们是来看白胖豆养的八哥!"

同学们齐声应和,要求看看八哥。

说心里话,我不愿意让他们看,不是我小气,瘦竿和毛蛋,这俩人我不喜欢。别的同学,跟着瘦竿欺负人,是哈巴狗,我也不喜欢。让他们看八哥,等于把八哥献给黄鼠狼,我不踏实!不踏实啥呢?说不清原因,就是不踏实,心里慌慌的。

毛蛋看出我不情愿,对牛奶奶说:"奶奶,胖豆真小气,不让我们看八哥。"

牛奶奶吐一口瓜子皮,说:"看就看,八哥养着是让人看的。胖豆呀,带同学们去看,讲讲养八哥的不易。一只八哥从出生到说话,费心劳神,很不容易的。"

我见牛奶奶说话了,想做个大方的人,不当小气鬼,也不想让瘦竿瞧不起。

我领他们进到院子,指着铁丝上挂的笼子,说:"看吧。"

瘦竿一见八哥,眼睛直了,围着笼子转圈,连连夸奖说:"长得真好!长得真好啊!白胖豆呀白胖豆,你把八哥养得真好!"

等他停了脚步,目光投向我。我以询问的眼光看他,意思问,瘦竿,你的八哥养得怎样?他快速避开我的目光,直直盯着我的八哥。

"汪——汪——汪!"阿黄拉完了屎,快步冲进院子,朝他们扑过来。"啊!啊!啊!"同学们吓得哇哇叫,慌忙朝我背后躲。

瘦竿没动,目光定在八哥身上,寻思着啥。阿黄的冲,阿黄的叫,阿黄的扑,好像与他没关系,他关心的是八哥。阿黄翘起两只前腿,往我背后冲:"汪——汪——汪!"它扑过来,同学们惊恐地拉住我背后衣服,左右躲闪,把我也拉着左右摇摆。

我赶忙大喊:"阿黄,听话!他们是我的同学!"

阿黄猛地站住了,像自行车来了个急刹车。它吐着长舌,竖着双耳,眼睛睁得圆溜溜,气势汹汹地看着他们,随时听我号令,准备进攻。我朝瘦竿看去,阿黄得了命令似的,"汪"了一声,朝瘦竿扑去。瘦竿"啊哟"一声,双脚跳了起来。

小黑在笼子里扑上扑下,翅膀扇得扑噜噜响,朝我咕咕叫:"咋个啦,吵闹不停?阿黄快咬,快咬呀!"

我喊:"阿黄!"

阿黄不听我的话,听小黑的话,朝瘦竿扑过去。

瘦竿弯腰抓起洗脸盆子,朝阿黄狂甩一气。

阿黄吼叫着,龇着牙,凶猛地朝瘦竿扑,前腿用力扑打,盆子发出哐哐哐的响声。同学们吓傻了,紧抓住我的衣服,相互挤着，浑身打哆嗦，大气不敢出。

瘦竿喊："白胖豆，快点赶走这恶狗！快点！"

"阿黄，他们是我同学！"我制止阿黄。

阿黄不扑了，盯着瘦竿，喉咙发出低吼声。

毛蛋和同学们紧抓我后背的衣服，我感觉领子要被撕扯开了。我让放开，他们不放，越发抓得紧了。瘦竿举着洗脸盆子，怒目圆睁，瞪着我，防着阿黄。他是狸猫变的！太像了，神灵活现的狸猫，是战斗的姿势，是捕捉老鼠时紧张又激奋的样子。没错，是这凶恶的样子！瘦竿出汗了，我看到他鼻尖亮晃晃的，抹了一层猪油似的，泛着油腻又肮脏的光。

同学们害怕了，盯着阿黄，不知所措。

毛蛋恐惧的声音变了调，说："胖豆，我们回家呀。你唬住狗，别让咬我们。"

我说："放心走，它不会咬你们的。"

毛蛋和几个同学犹豫，不敢动。

我又重复了一遍，他们像运动员赛跑似的，跑出了我家。

阿黄朝他们背影叫了两声，是警告。

我用手示意，阿黄别叫，让他们走吧。

瘦竿举着盆子，胡乱甩动，发疯似的吼叫："我要走，别让狗捣乱！"

我忍住笑，说："你放下盆子，只管走。"

瘦竿放下盆子，咳了一声，想试探阿黄啥反应，见阿黄没动,便昂首挺胸地往门口走去,一脚跨出门槛,回头说:"完成了英雄爷爷的任务,走了!"

"汪——汪——汪!"阿黄朝他背影吼,态度明显不欢迎他来我家,不欢迎他看小黑。

我听到门外的毛蛋说:"狗眼看人低,只朝我们扑,咋不敢朝咱班长扑哩!"

毛蛋是个马屁精,我晓得他在巴结瘦竿。

我摸摸阿黄的头,鼓励了几句。我喜欢阿黄的仗义和勇猛,把瘦竿和同学们吓唬住了。勇敢的阿黄,是我的好朋友!

小黑咕咕叫:"我不爱见人,别让家里来生人。"

"汪——汪——汪!"阿黄朝小黑叫,亲昵又友好,"有我阿黄在,小黑不用怕谁!"

牛奶奶拄着拐棍进来,笑吟吟地说:"热闹,好久没见热闹场面了,阿黄叫,孩子叫,八哥叫,真热闹啊!"阿黄钻到牛奶奶双脚边,撒娇似的哼哼唧唧。

爸爸妈妈回家了,牛奶奶兴致勃勃地把热闹场面讲了一遍,特意夸奖了阿黄。

爸爸放好自行车,拍拍手上的灰尘,说:"热闹了好,孩子多了热闹。"

妈妈把锄头放在屋檐下,擦着头上的汗,说:"有阿黄热闹,孩子们喜欢狗。"

牛奶奶听妈妈说"狗",不悦了,说:"我要喂孙子吃饭啦!"转身回家去了。

我对妈妈说:"不要叫阿黄狗,牛奶奶不高兴,阿黄是她孙儿。"

爸爸妈妈相视而笑。

妈妈捂住嘴巴,眼神调皮地望爸爸。爸爸笑个不停。妈妈拿了洗脸盆,舀了一盆水,招呼爸爸洗脸。

吃晚饭时,爸爸和妈妈交换了一下眼神。

妈妈说:"同学们看小黑是好事,热闹。"

爸爸观察我,小声问:"你咋不高兴,不欢迎同学们来?"

我说:"我不愿意让同学们来看小黑,是他们要来的。"

爸爸放下筷子,严肃地说:"胖豆,你不对。同学们喜欢八哥,来看看,有啥不好?你可以把养八哥的过程告诉他们,分享你的快乐。胖豆,做人要大气,对人要友善。"

我能说啥呢,爸爸妈妈不了解同学们之间的关系。我若是讲了瘦竿的所作所为,爸爸妈妈一定会批评我,认为是我不好。我选择沉默,不做任何解释,只是点头。大人总喜欢用成年人的方式和语气来表达观点,小孩之间,并不是他们想得那么简单。我是小孩,知道孩子们的实际情况。表面上,个个长了孩子的脸和身形,体内却隐藏着大人的心思。大人喜欢摆谱,总认为孩子年龄小,不懂事,他们是不知孩子世界也是残酷的,不比大人世界差多少。我是想归想,不能把自己的观点表达给父母。我表达的后果,是父母一通严厉的教训。大人们看不见孩子实际面临的摩擦和矛盾,看到的是表面,而且更喜欢去忽略。

这一晚,天上没有一颗星星,四周一片漆黑。

院子里,小黑不停地咕咕叫,在笼子里不停地扑腾。笼子牵着铁丝,被它的来回扑腾拉扯得咝咝响,像是拉锯一般,很刺耳。

下午,家里猛地来了一群同学,围着小黑看。阿黄像个战士,小黑看到了阿黄的英勇,似乎很兴奋,又像是受到了巨大的惊吓,胆子吓破了,情绪无法平静。小黑不停咕咕叫,像是在暗示什么,又像是故意提出抗议,不喜欢家里来陌生人。

爸爸被吵得无法休息,披衣到院子,阻止了一次。

小黑安静了片刻,继续咕咕叫,更是在笼子里来回不断地跳跃。

爸爸再次出来劝阻:"小黑,你和小娃儿一样,就是人来疯啊!"

突然,小黑发出尖厉的一声,声音像利剑似的劈开了漆黑的夜晚。

十六

一段时间训练后,小黑可以起飞了。

蓝天下,一阵微风吹来,空气很清新。我站在院子中间,小黑站在我的手心。它从我的手心起飞,扑噜噜扇着翅膀,转两圈,飞回来,落在我的肩上。它再从我肩上,扑噜噜飞起,转两圈,飞回我的手心。来回多次,飞来飞去,不断加强训练,小黑很认真,也不怕辛苦。

"小黑真能干!"我夸奖它,喂它半截蚯蚓吃。

它一口吞下,洋洋自得,扑扇着翅膀,朝趴卧在屋檐下的阿黄炫耀。阿黄静静地瞅着,眼神极其友爱,双耳翕动,分享小黑的巨大进步。

小黑高昂着头,雄赳赳,咕咕叫:"阿黄,我能飞了!你呢,就不会飞!"

阿黄懒得理它,低哼两声,说:"小黑呀,别张狂。我会跑,你会跑吗?"

我听了它俩对话,笑了,说:"你俩别斗嘴了,各有所长。"

小黑不服气，对我咕咕叫："胖豆呀，你真偏心！跑算个啥呀，谁不会跑？能飞，飞到屋檐上，飞来飞去，才是大本事！"

阿黄瞅我两眼，看我有啥反应。

我说："小黑呀，不要以自己的长处，比别人的短处。能跑，也是大本事呢，跑也是艰苦训练出来的。阿黄不仅跑得快，还能吓跑人，本事特大呢。"

小黑不服气，扑噜噜飞起来，打个旋，落在了我肩了。

我惊喜地说："啊呀，激将增长你的能耐，好厉害，小黑能打旋了！"

阿黄忽地站起来，朝小黑汪汪叫，鼓励："小黑厉害，小黑本事最大！"

阿黄极其真诚和友善，以宽广的胸怀、谦和的态度，如春雨似的融化了刚才的斗嘴和扯皮。我敬佩阿黄，朝它竖起大拇指，说："阿黄，我和小黑向你学习！"

啪啪啪！掌声响起。

我转头，看到牛奶奶靠在门框上，拐棍夹在胳肢窝下。拐棍一端高高翘起，使她整个人好像架在拐棍上，状态不同于往常了。平时的牛奶奶，用"老态龙钟"形容，一点不过分的。成语用得对不对？我不想多考虑，就想用给她。她挂着拐棍，走路一瘸一拐，瘦小的身子，全靠一根棍子支撑，慢慢地移动,随时有倒下去的可能。记得有一次,我问过爸爸,如果牛奶奶没有拐棍,能走路吗?爸爸脸色一沉,教训我,真是孩子话!人走在世间,全靠有个支撑,不是随随便便活着的!我不理解啥意思,还想问为什么。妈妈朝我摆眼,让我回房去听书,我疑疑惑惑,进了自个儿房间,打开收音机,听单田芳讲《岳飞传》正好讲到"岳母刺字"。

此后,我对牛奶奶更多了一分亲近,爸爸的话无意中起了作用。一有空,我总往隔壁她家跑,和她说说心里话,比以前更亲昵。她一见我,打开棕箱子,摸出好吃的,给我。去她家勤了,我与阿黄的关系也更加亲密了,成了非常要好的伙伴。

此刻,她见我夸奖阿黄,使劲鼓掌叫好:"小黑能干,能飞圈了,小黑真厉害!"

阿黄一见牛奶奶,扑了过去,又是摆头又是撒娇地摇尾巴。

牛奶奶疼爱地说:"阿黄呀,你是个好孩子,你要多鼓励小黑,胖豆会更加喜欢你!胖豆和你都是我的乖孙儿,都是我的心肝宝贝!"

我说:"奶奶,我喜欢仗义、善良、真诚的阿黄!"

阿黄不好意思地哼哼,低下头,害羞了。不时地,它抬头看我一眼,感谢我的认可,甚至有些承受不了激动的情绪。它眼睛湿漉漉的,迈着步子慢腾腾绕到牛奶奶背后去了。阿黄等我公开的认可和夸奖很久了。这次我当众赞扬了它。它躲到牛奶奶身后不停低声哼哼，像是倾倒委屈似的，不能控制情感，哼哼中夹杂着呜呜的抽泣。阿黄说："胖豆最喜欢小黑了，从没有这样夸奖过我，我激动呀。"

牛奶奶用拐棍使劲蹾一蹾地，说："阿黄啊，理解需要日子，不是一日两日的事。你不要有意见，胖豆和你一样，都需要理解！阿黄啊，你不要委屈，别哭了，善良遇到善良，有再大的误解，也会解除的。"

我使劲地点头。

牛奶奶的话，说给我和阿黄，说给小黑，也是说给她自己的。我看见，牛奶奶的眼圈红了，脸颊的肉微微发颤。

她怕我看出啥，招呼阿黄："走，咱回家吃饭！"

牛奶奶走了，阿黄跟在后面。一人，一狗，一拐棍。一个蹒跚的老人，一个懂事的"孙子"。我不能说阿黄是狗，它是牛奶奶的"孙子"。

小黑咕咕叫，目送阿黄，不再跳跃了，也表现出了大度。

我说："小黑，你听着，阿黄身上优点多，你要向阿黄学习，要大气，以后不准小气，更不准以自己的长处比阿黄的短处，戒掉显摆的臭毛病！"

第一次，我正式教训了小黑。

小黑听话，缩着脖子，头一次没有还嘴。

晚上，我躺在床上，想着敲钟爷爷的话，难以入眠。爷爷腿上的伤，爷爷得意的神情，爷爷激动的动作……

他多久没对人说起往事了？一定很久了。

我不问起，他不会说的。

这天下，有多少这样的英雄？应该很多，拿生命换来和平，不言不语，默默平静地过着平凡的生活，无怨无悔。我想到了汉代的霍去病，想到了宋代的杨业，想到了岳飞和韩世忠，想到了好多古代英雄。这些人物，是我从广播上听到的。单田芳讲得太好了！他讲《岳飞传》，我全听了，哭了好几次，竟有那样可憎的奸臣，害死了岳飞。广播是爸爸给妈妈买的，妈妈听秦腔戏。我喜欢听评书，每天晚饭后，我听半个小时评书，才上床睡觉。起先，妈妈不让我听。爸爸同意我听，说这是古代历史，我听了好。

我望着窗外，天空有星光，很远，黑夜却不寂寞。星光像蜡烛似的，一闪一闪，又像眼睛，从遥远的古代投射来，看看我在想啥，想了多少历史上的英雄。

敲钟爷爷比起古代英雄，算是幸福的。他可以按自己想法做事，回到老家来，待在心爱的人身边，自由自在地生活，敲钟，扫地，看望心爱的牛奶奶。

想着，想着，我进入了梦乡……

爷爷在梦中向我招手，给我一颗糖，和牛奶奶给的一模一样。

我剥掉糖衣，塞进嘴里，咂吧着嘴，说："真甜！爷爷，牛奶奶也吃糖吗？"

爷爷说："她命苦，小时候，没吃的没穿的，父母重男轻女，不喜欢她，她受尽了苦头。唉，一言难尽！现在我有钱了，买给她吃。她舍不得，攒了一箱子。"

我问："她咋不吃？"

爷爷说："她怕吃完了，没啥吃了。她看到一箱子好吃的，等于我天天陪着她，她心里温暖。"

我问："爷爷，你为啥不天天陪她？"

爷爷叹一声，说："哪有这么容易的事！大人的事，你小孩子不懂。这世上，哪是想啥就有啥哟！人活在世上，遗憾多，悔恨多，无法给人说，说不出来，闷在肚子里，带进棺材去。所以呀，胖豆你要好好读书，多学知识，才能理解更多的人和事。"

我说："爷爷，等八哥能说话了，我送给你，你对着八哥说。"

爷爷笑着说："好的，我到时给八哥说说。"

我说："八哥会说话，它会安慰你的，给你讲笑话，你就不孤单了。"说着，我哭了，抱住了爷爷。

爷爷说："我不孤单，你牛奶奶才孤单，我不放心的就是她！"

我说："爷爷放心，牛奶奶有我和阿黄呢。"

爷爷摇头，落泪了，哽咽着说："你是孩子，不懂……"

猛然，我惊醒了。

窗外，黑漆漆的夜。遥远的星光，瞬间消失了，只有一团黑捂住了窗口。

阿黄在汪汪叫，叫声凄惨。

我呼地掀开被子，下了床，跑到了爸爸妈妈房间。我摇爸爸，说："爸爸醒醒！阿黄在叫，声音不对劲，快去看牛奶奶！"

妈妈醒了，坐了起来，侧耳听，穿衣服，对爸爸说："好像出事了，快起来！"

我大哭，嘴里含混不清地说："牛奶奶，牛奶奶……"

妈妈抱住我，安慰我说："胖豆别哭，听话，快去睡觉。有爸爸妈妈在，马上过去看你牛奶奶！"

爸爸已经穿好了衣服，对妈妈说："快走！"

我要随他们一起去。

爸爸摁住我的双肩，严肃地说："胖豆你要听话，明天上学，赶紧回屋睡觉去！"

我哭着，不敢不听爸爸的话，上床钻进被子里。

窗外很黑，可怕的黑，一块黑布蒙住我的双眼，我什么也看不见。我眼巴巴地盼望着黎明到来。此刻，我特别盼望黎明的到来。我目不转睛地瞅着窗子，不想错过一丁点儿的光亮，我急切地巴望，快来，快来……

十七

不知过了多久,我醒来了。

妈妈站在我床前,轻声叫我:"胖豆,上学啦。"

我睁开眼,赶紧问:"牛奶奶咋样了?"

妈妈说:"病了,已经吃过药也打过针了。我和你爸,还有你胖子叔都陪着她。你快起来,上学要迟到了。"

我不放心,问:"病重不?"

妈妈说:"你胖子叔说了,不严重。"

我相信胖子叔的话,他是大夫。一听牛奶奶没事,我一骨碌爬起来,穿上衣服,脸也没洗,往门外冲。我要看一眼牛奶奶,跟她说一句话。

矮胖大夫站在牛奶奶家门口,正跟我爸说话。

我上前,说:"我要看牛奶奶。"

矮胖大夫挡住我,说:"牛奶奶睡着了,这儿有我们,你快上学去。"

妈妈过来,把书包递给我,说:"书包里有吃食,课间休息时吃。早上不要空着肚子，对身体不好，要记着吃！"

我背上书包，应了一声，跑了。

时间太紧，我怕上课迟到，一口气从家里跑到学校，直接进了教室。刚坐下，语文老师进了教室，开始上课。

一上午，我心不在焉，感觉有啥事要发生，心里毛毛的，有虫子在爬动似的，扰乱我的心神，抓挠我的皮肤。我不时瞅窗外，等待下课钟声敲响。

中午放学，我去找敲钟的爷爷，没找到。

有个男老师在敲钟，是五年级的数学老师。

我走过去，说："老师好，敲钟的爷爷呢？"

老师说："他今天有事情，请假了。"

我还想问什么，见他只顾敲钟，不想搭理我。我站着，看着他敲完最后一响，看着他骑自行车走了，才失魂落魄地离开，朝家里走去。

中午放学路上，没学生停留。一个一个脚步匆匆，急着回家。吃完午饭，又赶忙来学校上下午的课。家里把饭菜早准备好的，学生一进家门，端碗，吃饭。吃完，碗一放，嘴一抹，转身就走。只有下午放学后，时间多，又没作业，自由属于我们，一路上玩耍、嬉闹、喊叫，想干啥就干啥，无拘无束享受开心时光。

因为我看了老师敲钟，出校门比较晚，一路上，同学们早没了人影。

我急急忙忙回到村子，发现家门口聚集了一堆人，老的少的，好像在商讨啥事，还在争论。我见爸爸头上戴着白孝，妈妈也穿着白衣，立即明白发生啥事了。

登时，我放声大哭，哇哇哇地跑向了牛奶奶家。

一村人，吃惊地看我。

村子小诊所的矮胖大夫说："胖豆和牛奶奶亲哩，是个好娃儿，有良心！"

有个胖老人抹着眼泪，说："牛奶奶把白胖豆当亲孙子，俩人亲得很！"

有个瘦老人叹息，说："我死了，我孙子像胖豆这样哭我，我眼睛就闭上啦。"

我冲进牛奶奶屋子，里面拥满了人。

一些老奶奶围在棺材四周，哭哭啼啼，抹着泪，嘴里说些听不清楚的话。此时的牛奶奶，已经睡在了棺材里。我再也听不见她叫我了，她再也不会从棕箱子里摸出糖和花生给我了，我再也不能和她说悄悄话了，她永远地离开了我……

我哭，使劲地哭，使劲地哭……

阿黄过来，在我身上蹭，也流着泪，哼哼着对我说："奶奶没了，走了。"

我抱住阿黄，脸贴在它脸上，我们的泪水交融在一起，大放悲声。我们失去了牛奶奶，我们是牛奶奶的孙儿，我们一起哭……

矮胖大夫拉起我，给我擦眼泪，说："牛奶奶知道胖豆有心，别哭了。好娃儿，你回家吃饭，下午还要上学哩！"

有个老奶奶止住哭，朝院子喊："花儿，把胖豆带回家，让娃儿吃饭！"

妈妈应一声，进屋，牵起我的手，把我带回家。

妈妈把毛巾浸湿，给我擦了脸，说："你牛奶奶是昨晚去世的，去得很快。还好，她没受苦。"

我说："为啥要骗我，说奶奶病了，不严重？为啥要骗我？"

妈妈叹气，说："你是小娃儿，知道了能干啥呀？你牛奶奶去得快，没受苦。"

我眼泪不停地流，身子一抖一抖。啥叫没受苦？妈妈知道啥呀？牛奶奶受了一辈子苦，满肚子有说不出的苦！妈妈和爸爸不理解牛奶奶，住在隔壁，天天见面，却不知牛奶奶心里装着啥滋味的苦！我第一次明白了，成人之间，关系很假。天天见面，不知道彼此的"心事"，熟悉的，只是表面装出来的"没事"。谁知道谁的苦？知道的只是表面的，不是真实的苦。最苦处，是说不出的。

妈妈从厨房端出一碗饭，说："别哭了，吃完饭，赶紧上学去！"

我不动，继续哭。

爸爸从隔壁过来，带两个叔叔来取家里的碗盘。我自小就知道，村子里过大事，死了人，娶媳妇，全村每家的碗盘都要拿出来，供办事的家里用。

爸爸见我不吃饭，直哭，对我说："你牛奶奶走时，说到了你。希望你认真读书，多识字，多学文化，有了知识文化才能写信。赶紧吃饭，上学去！我们很忙，要处理你牛奶奶的后事。"

一个叔叔也说："乖胖豆，别哭了。吃完饭，赶紧上学去。"

另一个叔叔说："牛婶一辈子孤苦，没个一儿半女。胖豆哭得好伤心，牛婶地下有知，算是有福的人，不孤苦了！"

我举起袖子，横扫脸蛋，抹完了泪。埋下头，吃了几口饭菜。实在吃不下，把碗一推，不吃了。村子办丧事，人很多，跑来跑去，还不停有外村的人来。我长了个心眼，把小黑的笼子提进了我的房间，放在了安全处。

我说："小黑，今儿是特殊日子，人很多，你要安静地待着，千万别吵闹。知道不，牛奶奶走了，去了很远很远的地方，咱们以后再也见不上她了。"

小黑很懂事，这个悲伤的消息，它早上已经知道了。它缩了身子，沉默不语。

安顿好了小黑，我上学去了。

走在去学校的路上，林子是静的，桥是静的，河水是静的，全体默然，送别慈祥的温和的牛奶奶。我抬头望天空，想着牛奶奶的话、牛奶奶的容颜、牛奶奶的神态,流了许多泪……

到了教室,我坐在座位上,仍是止不住地哭。

瘦竿斜歪着身子,走过来,问:"咋个啦?这次真是八哥死了吧?"

我气坏了,无法控制气愤的情绪,对着他前胸挥去一拳,训斥:"你个乌鸦嘴,你去死,你才会死!"

瘦竿啊呀啊呀叫起来,朝我胸口打来一拳,说:"你个臭豆子,你才会死!你欠揍,不识好人心的臭豆子,死了八哥的臭豆子!"

同学们呼啦啦围过来看热闹,有的把凳子踢翻了,嗵的一声。有的把桌子推得扭了起来,吱的一声。全班地震了似的,桌凳齐鸣,响声震天。

毛蛋冲上前拉架,说:"都是自家同学,打啥子架嘛,有话好好说。"

瘦竿扬手,啪!甩了毛蛋一个嘴巴,骂:"你是个啥玩意儿?谁跟你是自家同学!你不撒泡尿照照自己,啥东西呀,还有资格来拉架?滚!"

班里乱成了一团,有女同学尖叫起来,有人捂住了耳朵,高喊:"班长和学习委员打架啦,快来看呀,打架啦!"

朱老师进了教室,大声咳嗽。

班上安静了,同学们一个个端直坐着。

朱老师扫视全班，目光落在毛蛋身上。

毛蛋眨着眼，捂住了脸。

朱老师端详着毛蛋，问："毛蛋你咋啦？"

毛蛋支支吾吾，说："我走路不小心，头碰到墙上了，脸碰疼了。同学们关心我，一起围过来，问我碰得咋样。"

话音刚落，全班同学朝毛蛋看，齐刷刷的目光如闪电一般，射向了一个瘦小的毛蛋。所有的目光里，装着同一个问号：毛蛋今儿咋了，为啥要扯谎维护瘦竿和胖豆？

毛蛋指着右脸，对瘦竿大声说："是不是？我这脸刚碰到墙上了，你和胖豆很关心我，还叫同学围过来看，是不？"

瘦竿脸红了，僵硬地点头。他不点头是不行的，毛蛋的表情很强硬，罕见的强势，带着冷飕飕的风，似一把利剑逼到他的胸口，让他回答，是还是不是，他必须有个明确的答案，"利剑"才会撤走。举着"利剑"的另一个毛蛋，可不是平日里巴结瘦竿的毛蛋了。此刻，一个强势的毛蛋，站在这个班上。

毛蛋又问我，以同样的方式。

我眼泪出来了，瘪着嘴，很难看地点点头。

牛奶奶去世了，我很伤心，泪很多，停不住。毛蛋这一举动，我更想哭了。干脆，放声大哭吧，我不再压抑了，太难受了。"哇！哇！"我大哭起来。"哇！哇！"我的泪，波涛汹涌……

全班很安静，异常安静。

毛蛋也哭了，捂着脸，哭声压抑，但一声比一声响。他从脸上撤开手，号啕大哭。毛蛋在班里，总以逗人笑、挨人骂、脸皮厚出名，现在一哭，震惊全班。

朱老师站着，认真地听，看着我和毛蛋哭。或许，他好多年没有听到孩子哭了，看着我们哭，他有了新奇感和回忆感。他的表情很温和，很自然，没有半点的嘲弄和不满。全班同学，震惊之余，有表情怪异的、有不解的、有疑惑的、有幸灾乐祸的。一群麻雀也被哭声惊动了，站成一排，立在窗台上，也不叫唤。

我和毛蛋，畅快地哭，任性地哭，各哭各的委屈，各哭各的心事。

几分钟过去了。麻雀成群地涌了来，窗台上站满了看热闹的麻雀。

教室外面有几个老师伸头看，可能我们哭声太响，传到了校园，老师们来看发生了啥事。朱老师对几个老师摆摆手，意思说，没事，放心吧，

朱老师咳嗽了两声，清了清嗓子，对瘦竿说："你是班长，还不哄哄他俩，让别哭了。感动的哭，委屈的哭，都不能太长久。这是课堂，上课啦。"

瘦竿用僵硬的语气对毛蛋说："毛蛋，不要哭了，朱老师要上课了！"

他又对我说:"胖豆别哭了,再哭,你的眼睛也成胖的了,全身胖完了,叫大胖吧,只怕同学们不服气。"他的话,有逗人的意味。

有同学发出细微的笑声,一个,两个,三个,最后全班笑了,是低声的偷偷的笑,如流动的河流泛起的清波,一圈追着一圈,向岸边平缓涌去。

朱老师大声说:"上课啦!"

我和毛蛋不约而同止住了哭,盯着朱老师。

这堂课,朱老师讲的一元一次方程。我一听,懂了。必须承认,朱老师的数学教得很好,新知识点,经他一讲,清清楚楚,很好理解。

下课后,朱老师问:"同学们理解一元一次方程没?"

全班齐答:"理解了!"

朱老师欣慰地笑了,说:"白胖豆和毛蛋一哭,把你们的脑门打开了,好事!"

我望着朱老师夹着书的背影,仿佛马老师附在他身上,他们成了一个人,有着同样的阳光,温和,可亲。

十八

　　下午放学，我、瘦竿、毛蛋，一伙同学一起出了校门，踏上了木桥。木桥颤颤巍巍，唱起了久违的歌谣。从远古咿呀而来，悠长，淡远，在蓝色的天空飘荡，似风，又似雾，恰如春天的微雨，有煦暖在心头升起，却不见一滴雨水。曲子一跃，一会儿高了，一会儿低了，再一跃，立在白云的裙边。一束美丽的云影，携着远古的曲调，悄悄嵌入堰河，与岸边的青草相亲，与河里的波光拥抱，共鸣，起舞，向汉江，向东海，缓缓流去。

　　很久了，我是单个的自己。

　　同学们不是单个，他们围绕在瘦竿周围，他们是群体。

　　只有我是单个，我被他们疏远了。

　　今天，我们同时站在桥上，共同面对河水，聆听来自远古的歌谣。

　　瘦竿拍拍毛蛋的肩膀，脸上挂着怪异的笑，像嘲讽，又像欣赏，大声说："毛蛋呀，你挺有意思，不错，是自家同学！"

毛蛋嘴角动了动，没说话。

我对瘦竿的话不满意，挑战性地大声说："咱这些同学，毛蛋最讲义气！"

毛蛋瞅一眼我，瞅一眼瘦竿，苦笑几声，说："没啥，我是一块驴粪蛋，没用的东西。驴粪仅有的一点营养，我今天也释放完了。"说完，他耸耸肩，仰着细瘦的脖子，甩着细瘦的胳膊腿，快步走了。

瘦竿发愣，想听毛蛋感恩戴德的话，没听到，失望了。他只表扬过毛蛋一次，是三年级时，暑假期间一群孩子在河边玩，毛蛋潜入水里抓了一条鱼。瘦竿扬着竹棍上的红带子，表扬毛蛋是好样的，是好战士，仅此一回。再往后，再没有表扬过。毛蛋无论做啥，他都不满意，不是骂，就是打。他打骂毛蛋，像打骂一只乞丐似的哈巴狗，拿起什么话，劈头盖脸直接甩过去，从不经过大脑思考。该不该甩这句话？毛蛋是否能承受这样的骂？他从不思考。

今天，他当众表扬毛蛋。这是第二次！

他想要的结果，毛蛋没有给他。他盯着毛蛋的背影，好久，转过身子，呸——朝河里狠劲地啐了一口，恨不得这口水是从定军山飞来的一块巨石，把河底砸出一口深洞，放置他满腔的不满和怨气。

瘦竿这一举动，我看在眼里，明在心里。

我必须批评瘦竿,否则,对不起挨打的仗义的毛蛋。

我指着瘦竿的鼻子说:"你别张狂,不要以为你是班长就高人一等,见人欺负。说实话,你不如毛蛋,班长是个啥样儿?你一点不配!"

我的反常举动,令同学们惊愕了。

他们望着我,瞠目结舌。瘦竿不仅是一个班的班长,更是周围几个村孩子们的大班长,具有司令官般的权威和地位。谁敢当面指责瘦竿,否定他的权威和地位?没有人敢。

我今天敢,也当众做了。

同学们也反常,不似以往跟着瘦竿起哄。

有个同学过来劝我,说:"胖豆,你是不是受啥刺激了?又是哭,又是骂人,你今儿咋个啦?"

我愤怒地说:"我今儿得神经病了!"说完,我抖抖肩上的书包,大步走了。

瘦竿朝河里再狠劲地啐了一口,吼叫:"今儿真他妈倒霉!倒霉死了!"

一个同学劝瘦竿:"别生气,胖豆今天不对劲儿,可能有神经病,别计较。"

瘦竿骂同学:"你懂个啥,你个半脑子货,你才有神经病!回家啦,看什么看,没见过河,没见过桥,不知道'活人桥'是胖豆的祖先?"

我听见他的话,强压住心头的怒气,继续大步走。经过树林时，鸟儿们围住我，又是唱又是跳，好像知道我失去了牛奶奶，特意来安慰我。我朝他们点点头。突然，我瞥见毛蛋在林子深处东瞅西望，我本想叫住他问问他在干啥，可是我的脚步没有停下。我装作没看见他，迈着大步出了林子。

我到了村口，看到了"旧州铺"三个大字，便飞跑起来，到了家门口。

牛奶奶家门口聚集了许多人，有本村的，也有外村的，几个花圈，有大的，有小的，齐溜儿摆放在墙边。

矮胖大夫看见我，走过来，说："胖豆呀，今晚牛奶奶家里人多，要做法事，你是小娃儿，不适合到灵堂前来。你待在家里，和八哥玩。"

法事？我不明白是干啥。人死了，要做法事？我听爸爸讲过这个词，妈妈也说过，汉中这地方，老人去世后，在屋里放置三天，最后一晚要做法事。这个词有神秘感，与死亡有关，我不明白是干啥，隐约能感觉到阴森的气息，心里多少有些惊恐。胖大夫脸色庄重，等我答复。我用力点头，说："我待在家里。"

我回到家，关了大门，跑回房间。我抱着笼子，对小黑说："牛奶奶去世了，我心里痛。今晚给牛奶奶做法事，我有些害怕，咋个办？"

小黑咕咕叫："人老了，死是正常的。法事是大事，你不要去，待家里好。你去看看阿黄吧，它肯定也伤心，领来，咱一起玩。"

我说:"好,我同意。小黑,你知道法事?"

小黑咕咕叫:"今天听到他们大声议论,我也不明白是干啥。"

我说:"哦,这样啊。我现在去找阿黄,你等我们。"

我正欲出门,妈妈回家了,怀里端着一个大木盆,上面盖着一张白布,说:"胖豆放学了,厨房有饭,你自己吃。"

我要出门去,她阻止,问:"干啥去?"

我说:"去牛奶奶家,看看阿黄。"

妈妈说:"不要去,正在做法事,不能干扰。"

我问:"法事是啥?"我好奇,想借此机会了解一下法事到底是做啥。

妈妈神秘地说:"小娃家,长大就知道了。人死了,要招魂,到阴间去才有地位身份。你乖乖待家里,不敢乱跑,小心魂被抓了去!"

啊?我缩了缩脖子。虽一知半解,还是害怕。

我到厨房吃了饭,回到房间和小黑说话。

小黑咕咕叫,对我不满意,问:"阿黄呢?"

我说:"小黑,现在正给牛奶奶做法事,不能受打扰。明天,我领阿黄回来。"

小黑说:"好吧,好吧。阿黄很可爱,我喜欢它。"

我说:"咱三个,是好朋友!"

小黑转过身子，面朝着墙壁，不说话了。

我不知它是想念牛奶奶，还是担心阿黄，变得深沉了。生与死的不测，通过牛奶奶去世这事，令小黑懂得珍惜朋友了。

我早早爬上床，望着黑乎乎的窗外，任思绪飞扬……天刚刚亮，我听到一声大吼，响雷似的，天地摇摆，房顶的土渣刷刷下落。"啊！"我吓得一骨碌从床上爬起来。我听到，隔壁脚步杂沓，有男人的叫声，有女人的哭声……我穿好衣服，悄悄开门，从门缝往外望。一队人马，抬着一具棺材，快步朝东边去了。人群后面，有几个人举着花圈，一边走，一边交头接耳。

很快地，四周悄无声息，安静得让我害怕。

半小时后，妈妈回来，脸上挂着泪痕。

她进了厨房，快速做了两个荷包蛋，叫我："胖豆吃饭啦！"

我应声进了厨房，看着碗，吃不下。

妈妈难过地说："你牛奶奶早上安葬了，以后，咱们再也见不上她了。"

我的泪水流下来，一滴滴落在碗里，洒在荷包蛋上。我吸溜着鼻子，压抑着哭声。我喝了几口汤，把碗一推，说："我吃不下，不吃了。"

妈妈说不行，强逼我吃了一个荷包蛋，才肯让我上学。

我背着书包,出了家门,看到爸爸、矮胖大夫等一村子男女,在路边说话,脸上挂着泪痕和悲伤。我稳了稳书包,朝学校走去,腿脚很沉重,拉着巨石似的,迈一步,心被刀子剜似的疼……我站在岔路口,望着耸立的教堂。头一次,我凝望十字架,定定地望了十分钟。

我自言自语:"肚子有苦无处说,谁能懂?"

谁来拯救牛奶奶?我问上帝。

我无法理解上帝的含义,上帝可以来拯救牛奶奶吗?为什么她死了,埋到了地底下?谁懂她?咋来爱她?有多少有苦无法诉说的人,用死,用生命的代价,淹没了一生的苦,悄悄地走了,无声无息。

没人理解的!

我进了树林,嘟哝着:"没人懂,没人理解的。"

鸟儿们站在枝条上,静静地瞅我。它们懂我的话,为牛奶奶默哀。

从此,牛奶奶从旧州铺消失了,从汉中消失了。

十九

上学，放学。

我麻木地完成了这一过程，心情沉浸在牛奶奶的离去中。

"麻木"这个词，是语文老师教训毛蛋的话。她说毛蛋是个麻木的人，糊里糊涂，不懂得反思自己。

我从她的话里，同时体会了两个词的意思，一个是"麻木"，一个是"反思"。我虽不能准确定义这俩词，但我隐约明白它们的意思。我给自己用"麻木"，指的是我没意识了。

可以说，是一夜之间的事儿，我、爸爸、妈妈，还有村子里的其他人，都陷入伤心的旋涡。

一周过去了，我和爸爸妈妈仍在伤心的旋涡里挣扎，村里其他人已经从伤心里走出来了，该笑还笑，该闹还闹，继续着以往的生活。

我不解地问爸爸："没牛奶奶了，村子人还这样？"

爸爸喝口水，做出要回答重要问题的样子，态度严正，说:"傻娃儿,没了谁,村子该咋样还咋样,汉中该咋样还咋样,陕西一样,全国一样,全世界一样。一个人在这世上,和蚂蚁一样,很渺小。去了没人在乎的!咱在乎牛奶奶,因为咱把牛奶奶当亲人对待。人和人,最亲的关系,是情感。情感越深,越难忘。因为有情感,才怀念逝去的人,才伤心,才痛哭,每年清明到了,才去坟上悼念。"

我说:"我和牛奶奶有情感,清明到了,我给牛奶奶上坟去。"

妈妈说:"牛奶奶一辈子可怜,咱该去上坟。"

我想起阿黄,问爸爸:"阿黄呢?没了牛奶奶,咱家养着吧,行不行?"

爸爸大口喝水,生气地说:"我倒是想养的,一个老头儿领走了,他非要养!"

我脑海闪出敲钟老人,问:"是不是一个退伍老军人?"

妈妈问:"你咋知道的?"

我说:"他是学校敲钟的,听说上战场打过仗,是个英雄。"

爸爸呸一声,气呼呼地说:"狗屁英雄,大狗熊还差不多!不是他,你牛奶奶没这么可怜,他才不是好人!他为了自己名声,才不管不顾你牛奶奶!"

我鼓起嘴,睁大眼,坠入云里雾里,脑子混乱了。

敲钟爷爷咋会是坏人?

爸爸不了解爷爷，对他有了看法和意见。成人间的事，很复杂，个个想法多，个个看法不同。我无法理解。爸爸拿他的要求衡量爷爷，认为爷爷为了维护自己英雄的名声，不管不顾牛奶奶，是大狗熊。其实，爷爷也有难处，不知受了多少委屈。没人知道，他也不解释。他说不出的苦，全咽在了肚子里。

爸爸的认为错了吗？没错。

爸爸认为爷爷是狗熊，是为了牛奶奶。他认为牛奶奶一生的不幸，都应归于爷爷。成人的事，我懂得少，只是体悟多少算多少，不能完全理解。

我肯定地说："敲钟爷爷，是好人！"

爸爸眼一横，霸道地说："你小孩子，不懂大人的事！"

我语气加重，强调说："爷爷是好人！"

爸爸脸色变了，审视着我，好像不认识我似的，眼里流出陌生的光，闪闪地，向我慢慢刺来。

妈妈一看不妙，赶忙打圆场，说："啥好人坏人？你牛奶奶已经去世了，到阴间去了，这事已成为历史了，不要讨论了。如果要争个好坏，是牛奶奶在阎王爷那儿要说的事。用不着你们父子在这里争来争去！能救活牛奶奶吗？"

我紧闭了嘴，心里很不服气。嗵！爸爸用力放下水杯，很生气，转身走了。

自小，我有啥不明白的，爸爸耐心地给我讲。他态度很温和，如初秋的风似的，很大气，很阳光，脸上总是笑着。不时地，他再开几句玩笑，逗得我也笑。从没像今儿这样，说起敲钟爷爷，对我大发脾气，阴沉的脸像下雨的天空，怪吓人的，还拿杯子出气，扭身走了。

不管咋样，爸爸的反常，我多少体会出了点啥味道。

从这以后，家里再没有讨论牛奶奶了，更不提敲钟爷爷了。两位老人，成了回忆中的人物，框定在我的记忆里，是美好风景，翻过一页去了。

以前，我躺在床上，望着窗外的夜空，盼望黎明到来。结果，牛奶奶去世了。

如今，我盼望着敲钟老人返校。几乎每天早上，我去学校等他，四处张望。但是，他再也没回校。

我问过几位临时敲钟的老师："爷爷啥时回来？"

他们摇头，一致回答："不回来了。"

之后，一位中年老师告诉我，敲钟爷爷来过学校，领了工资，卷了铺盖，走了。他带着一条狗回西乡县的茶镇去了，那儿有美丽的七星湖，有古老的渡口。

茶镇渡口，从古代起，就是陕西去外省的一条交通要道。古人的生活里，要去哪儿，坐船是最重要的交通方式。在汉中境内，茶镇渡口连接着汉江与长江，是两个水系的交汇点。汉中人下江南，必须到茶镇来坐渡船，才能去想去的地方。这个热闹繁华的渡口，从古至今，因汉江水势大，水量足，成为汉中最美的地方。

每天，人来人往。送客的人，站在江边的八角亭上，向客人挥手送别。迎接亲人的人，站在岸边的柳树下，翘首以待，有说不出的想念。

敲钟爷爷和阿黄，就生活在七星湖畔。

他们天天看渡船，似乎在等一个人的到来。他和阿黄，表面过起了安宁平静的生活。实质上，他们再没有平静过，内心总是风起云涌，是别人看不见的悲伤。

校园里，我在白皮松上悬挂的大钟前，站了好久，好久。

一次，妈妈告诉我："你牛奶奶咽气前，嘱咐那一箱子糖果花生瓜子，送给你吃。我答应后，她才咽气。安葬她时，你爸爸很伤心，提议把箱子埋进坟里，让去陪伴她。她呀，一辈子孤苦，只有这箱子陪着她，就让它永远地陪着她吧。"

我听着，心痛，流下了泪……

二十

小黑长大了,身强体壮,任意飞翔。

我打开笼子,它惬意十足。它拍拍双翅,做预备运动一般悠闲又自信,直到筋骨活动舒服了,才散步似的一下子跃上我肩头,忽而飞上,忽而飞下,精灵似的轻盈,矫健。我打个短口哨,它在我头顶转一个圈;我打个长口哨,它在我双肩飞起,落下,再飞起,再落下。

我和它是真正的好朋友,我俩一举一动配合得很好。它懂我每一个眼神,我懂它每一句轻叫。

我们讨论过阿黄,担心阿黄的生活,默默地祝阿黄快乐。

我们说起牛奶奶,回忆牛奶奶在世时的点点滴滴……我痛哭流涕,无法控制情绪。它安慰我,理解我对牛奶奶的情感。一提及牛奶奶,我伤感,落泪,已成了习惯。它不但理解,还鼓励我。我信任它,心里话全部对它倾吐。说了,我就放松了。它对我,也是啥话也说,说它以前对阿黄不好,阿黄待它好,它现在连弥补的机会也没了。它难过了,把可爱的头埋在我的手心里，嘤嘤而泣。我很理解它，劝慰它。我们能体察彼此的感受，是贴心的好朋友。

蚯蚓是它的主食，一顿一条，一天吃三条。我们讨价还价，好不容易定了三条。我为它的健康着想，它为自己的口福着想，我咬定不放，只提供三条。最后，我们达成了圆满协议。

说是"圆满"，不过是我作为人的强行"决定"。一只小小的八哥，在作为人的我面前，不听我的安排，是不可能的。我"决定"给它吃多少，我不动摇"决定"，小小的八哥怎么能改变我呢？说到底，这是不平等的。人的决定，对于自然界中的生灵，很难讲"平等"。我和八哥是知心好朋友，出于对它身体健康的考虑，规定了它一天吃三条蚯蚓。它再怎么不答应，也是徒劳。我们对话了，讨价还价了，可我内心是惭愧的。我早就自作主张，给它一天吃三条。讨价还价，仅是我说服它的过程，一个过程，必须说服，不是"平等"，是我的强行"决定"。

我和小黑是好朋友，我这样决定了它的饮食。

别人和自然界的生灵们不是好朋友，会怎样？

一座山，一只熊猫。一片森林，一只朱鹮。一片草地，一朵花。一棵树，一只鸟。一条河，一条鱼……多姿多彩的大自然。站在人面前，自然里的生灵是弱小的，是无言的。面对人，它们没有发言权，任人去摆布和抢夺，甚至杀害。人心是复杂多变的，一时兴起，会养一朵花一只鸟，只为让自己心情舒畅。一旦厌烦了，心情变了，会冷酷无情地扔掉，一滴泪不会流，认为它们没有情感。扔了，便是扔了。想到吃，人逮住了它们，去卖，去赚钱，最终送进了餐馆。野味极其诱惑人的舌头和胃，不是烧着吃，便是烤着煮着熬着吃。

我不敢往下想，一想，浑身发抖。

太可怕，人对自然界的所作所为，太可怕！

可怕的不是可爱的它们，可怕的是人用自己的"决定"去掠夺它们，没有"平等"和"友爱"。人是强盗！我在决定让小黑一天吃三条蚯蚓的讨价还价中，体会到了，我做了强盗。

小黑好像猜到我的心事，咕咕叫："胖豆，你在想啥？"

我难过地说："人很坏。"

小黑咕咕叫："不是。胖豆很善良，一天吃三条蚯蚓是对的，我胃小，一天最多消化三条，吃多了，是浪费，给胃增加负担。你是关心我，为我着想。"

我说："我想到了很多人，有些害怕。"

小黑跳跃起来，咕咕叫："不用担心。世上好人多，不会伤害我们鸟儿的。"

我说："希望好人多，不要伤害大自然的娃儿们。我们都是大自然的娃儿。"

小黑在笼子里扑上跳下，咕咕叫："对，我们都是大自然的娃儿。"

我抬头望，湛蓝的天空下，一道长长的白线从头顶穿过，像一条泛着光的带鱼，天地间最长的鱼，丈量天空多长多远似的，没有尽头。

我说："天空真蓝，大自然真好。有蓝天，有大地，有高山，有河流，有森林，有各种小动物和大动物。大家生活在一起，相互尊重，保护美丽的地球！"

小黑咕咕叫，嘲笑我："胖豆，卖弄啥呢？"

我说："我没卖弄。讲河流时，语文老师给我们扩充知识，特意讲了大自然。"

小黑咕咕叫："语文老师咋啥都知道？"

我说："上课老师只有语文老师和数学老师，别的课，全是语文老师包揽。"

小黑咕咕叫："语文老师真辛苦。"

我说："语文老师懂的可多啦，整天拿着书看，给我们扩充知识。以前的马老师也是这样，可惜，他走了。不知他现在过得好不好。"

小黑不说话了，仰起头，望着高远的天空。它无法回答我。马老师去了很远很远的地方，谁也不知道他过得咋样。

此时此刻，我很想要小黑说话，和人一样说出话来，和我一起猜想马老师的生活。我迫不及待了，越是想念谁，牵挂谁，忘不了谁，越是想要一只会说话的八哥，把我的体悟和思考、担心和忧虑，一一说给它。我的心事，除了小黑，无法给周围人说，也说不出。

我决定，秋高气爽的时节，带小黑去城里捻舌。然后，教它说话，教它背古诗，教它背的第一句就是"春眠不觉晓，处处闻啼鸟"。我想象着小黑和我对话的情形，应该很有趣，非常快乐。我一定教它说很多话，把学校教给我的知识，一一传授给它。它是我的好朋友，与它一起分享知识，才是真正的好朋友。

学校里，没了敲钟爷爷，感觉没了亲人。

学校成了伤心之地，我不想多待一分钟。每次经过学校门口，我都是跑步前进，不敢看那口大钟，不敢看门房。看一眼，我会伤心，会落泪的，我会想起以前和爷爷的点点滴滴。

一放学，我一个猛子跑出了学校，朝村子奔去。

桥是我要过的，颤巍的感觉依然在，可我的心里没了音乐，没了歌唱。树林是我要过的，鸟儿依然欢迎我，为我鸣唱，我没了心情去倾听，没了兴趣陪它们。我脚步匆匆，如赶脚的雨点，奔忙在来去之间。

我需要快点回到家，陪伴小黑。

回家，成了我在学校里最真切的盼望。

上学，是我每天必须完成的任务。

自马老师离去，牛奶奶去世，敲钟老人带阿黄回了茶镇，我在无意中懂得了生死的意义。人活着，不容易，但必须活出意义。意义是什么？是在人生中一步一步去追求和完成，上学读书，学文化知识，是一步一步走的。我能理解的，也仅是这一点。

经过的木桥、河流、树林，一直是原样。马老师在学校还是去了远方，牛奶奶活着还是死去，都不影响树林的热闹和美丽。旭日照样升起，美丽的容颜潜在河水里，一抬脸，河面闪烁出另一天的光芒和新意。马老师远去了，牛奶奶死了，爷爷不见了，大自然的一切，依然如故。如诗如画，属于大自然本身，谁也抢不走，谁也留不住，它不紧不慢，像来自远古的神，不会老去的神，有自己的规律和步调，依然如故……

我想，只有小黑，会永远陪着我。就像阿黄，陪在牛奶奶前后，直到牛奶奶从人间消失，阿黄才跟着敲钟爷爷走了，去陪伴另一个老人。

想起善良真诚的阿黄，我会落泪，会更珍惜小黑。

二十一

这天下午,放学回家,我习惯性地朝院中一望,不见了小黑。忽地,想起刚才进门的时候,没听到小黑扑棱棱扇着翅膀欢迎我的声音。

每次,我背着书包归来,前脚一踏进大门,小黑立即启动习惯性的欢迎仪式。它扇动翅膀,叫着我名,在笼子里扑腾,拖拽着笼子在铁丝上咯吱咯吱来回滑动,摩擦出一串串悦耳的声音。妈妈听了,皱眉,认为响声很刺耳。我纠正,那是悦耳。妈妈笑了。我从她笑纹里,理解了老师讲过一个成语"爱屋及乌"。

然而此刻,铁丝上挂着妈妈一件衫子和两条洗脸毛巾,再无其他。

我冲进房间,想着妈妈定是把小黑放在房内了。可是,房内没有。

屋后,我看了,没有。

门前,我看了,没有。

房顶上，我看了，没有。

它能去哪儿？

我大声喊："小黑！小黑！"没回应。我伸长耳朵听，丝毫没它扇翅膀的声音，更没它的一丝叫声。一阵风刮过，微冷，我后背升起了几许凉气。我再次伸长耳朵，发挥出所有功能，还是没一点它的响声。我再努力听，依然没有。

心慌的我，紧张又慌乱，一口气跑向后门外不远处的水田。

爸爸正埋头割草，镰刀一前一后地伸拉，一片草倒下了。妈妈在他身后，绑好一捆草，抱到田埂上，往大笼里装。

我急慌慌地问："妈妈，见小黑没？"

妈妈拉过脖子上的毛巾擦一把汗，说："小黑在家。"

我摇头，说："家里没有。"

爸爸直起腰，提着镰刀问："咋个了？"

妈妈说："咋个没在家？吃了午饭，我们来田里。走时，我还和它打招呼了。"

我差点哭出来，大喊："小黑不见了！它不在家！"直觉告诉我，出事了。我仿佛失足掉进一口深井里，周身被冷水一激，打着冷战，阴冷的惊悚罩住了我。

爸爸说："看把你急的，小黑能到哪儿去？还能撞破笼子飞了？"

我说："笼子不见啦……"

妈妈背起草笼,说:"走,回家去看看。"

我们进了家门,院子铁丝上,没笼子。

妈妈一把甩掉脖子上的毛巾,不解地说:"怪了,笼子呢?我锁大门时,还好端端挂在铁丝上的呀。小黑呢?真是怪事!"

爸爸跟着回来,也惊奇,说:"真是见鬼啦,咦,笼子咋不见了?"

我哇哇地哭,不停地喊小黑,跑向房子,又奔向后院。我的心卡在喉咙,被恐慌控制了,失了方向,绕着院墙又哭又喊。自小黑到我家,从没离开过我,突然不见了,我什么心情?着急和慌张,根本表达不出我此刻的心情。

爸爸嗓门大,爸爸喊小黑,仿佛特意用大嗓门的威风,不许小黑胡闹,让它快出来,好像小黑故意藏起来玩耍,逗一家人寻它。可是,他的嗓门再威风,小黑还是没影。他寻遍农具棚、杂草棚、牲口棚,就连早已废弃的坍塌了半截土墙的猪圈,也没放过。焦急像无数蚯蚓似的爬上他的脸,令他面色变得铁青。他站在院子,盯着铁丝,目光像对准目标随时射击的枪弹,威胁铁丝:"你说,小黑去哪儿了?"铁丝在风中摇晃,像解释,又像在哭诉。爸爸厉声问:"说,小黑呢?"

妈妈提了一把笤帚,走遍家里的犄角旮旯,一个角也不错过,边找边唤,边唤边用笤帚轻扫或拍打。厨房里大小橱柜打开,她轻声唤:"小黑,你在哪儿?"音调很温柔,像哄幼儿似的，又好像小黑和她躲猫猫，说不定听了她的轻唤，会从哪个角落里飞出来，扑棱棱钻入她怀中……一声一声地唤，从厨房到了其他房间，时间着急了，安排了失望和担心嵌入她的声音里，一声比一声高了，最后近乎是吼叫，尽是绝望的声腔。

"小黑，快出来！"

"小黑呀，你到哪儿去了？"

"不见你，我快疯啦！"

妈妈的吼叫，彻底点燃了我心头的焦灼，火苗熊熊烧起来了。家里没有小黑！我跑向门外的大路，一会儿朝东，一会儿朝西，大喊："小黑，小黑！"

一家人出动了，满村子找。

"小黑！小黑！"

"小黑，回家啦！"

"小黑，你在哪儿呀！"

走着喊着，我们到了小诊所。

有个中年村民捂着鼻子打喷嚏，从诊所出来。有个年老的村民捂着肚子，正步入诊所。矮胖大夫正在给病人测体温，听见我们喊，圆圆的头从窗子探出来，说："你们一家人咋个啦？哟，胖豆，你哭啥子？"

爸爸说："八哥不见了，胖子你说怪不怪，连笼子也没了！"

妈妈说:"我们去地里时,小黑在家。胖豆放学回来,就不见了。"

大夫哦了两声,说:"笼子没了?肯定是有人提走的,笼子又没长腿和翅膀。"

爸爸说:"可是,大门锁着呀!"

大夫说:"是呀,难道,难道笼子成神了,自动飞跑了?"

妈妈哎呀一声,说:"这么说,我家小黑被人偷了?"

爸爸用眼色制止妈妈,说:"上村下院的,都是乡亲,别说'偷'字,不就一只八哥吗?谁来偷呀?这话伤感情呢。咱再寻一寻。"

爸爸挨家挨户地问:"见我家小黑没?"

每家摇头,惊讶地问一句:"八哥咋会没了?"

每家的妇人或娃儿,放了手里正忙的事,出了家门,帮忙寻八哥。

寻找八哥,成了旧州铺所有人的事儿,老的少的,双手背着,伸头四处张望,不放过每一棵树和每个草垛,边走边唤。

"你在哪儿,小黑,胖豆找你呢!"

"小黑呀,别闹了,胖豆哭了!"

"小黑,我们都找你呢!小黑,你在哪儿?"

"小黑,你在树上吗?"

"小黑啊,你在哪儿?旧州铺所有人在找你呢!"

整个旧州铺,小街小巷,村前村后,全是喊小黑的声音。

矮胖大夫看完了病人,也加入找小黑的队伍。他一边喊小黑,一边到了我家。他绕着外墙,转了几圈,东瞅瞅,西望望。

爸爸转遍了村子四周,疲惫地回来,一屁股坐在大门外的石墩上,说:"这小黑呀,在家时,不觉得他有多稀罕。今儿忽地没了,咋心里空落落的呢?难受。"

大夫过来,小声说:"俗语说,不怕有贼偷,只怕贼惦记。"

爸爸说:"谁偷呀?大门锁着的,是花儿亲手锁的,谁能飞进院子偷呀?胖子,这话可别乱说,被听到,会伤乡亲们感情。"

大夫说:"你想想,笼子难道长腿了?凡事讲逻辑推理,不能盲目地胡喊乱找,找本质原因。"

爸爸说:"哦,也有道理。胖子,你有啥法子,说说。"

我听不懂大夫的话,那话挺神秘的。可我知他另有想法,和全村人不一样。我受到他的启发,心想,是呀,笼子没长翅膀,不会飞!小黑怎么没了?为啥没了?我望着大夫,期待他找到答案。

大夫在院墙外转了两圈,望了望墙外的银杏树,又仔细察看了大门,说:"这贼水平真高!难道世上有长翅膀的人?不相信也由不得我了,竟还没半点痕迹!"

爸爸也相信了大夫的推断,丧气地说:"完了,找不到了！小黑早被人惦记着了，唉！"

妈妈不相信，说："胖子，是谁这么高明，还长了翅膀？"

我也纳闷，问："叔，是谁呀？"

大夫说："胖豆呀，有些东西，包括人，他不一定非得走路，非得走正门，他会翻墙，会开各种门锁。这种人，我们常人是没办法比的，只得认栽！"

我问："啥认栽？"

大夫说："丢了就丢了，认了吧。常人没法的事，不符合生活逻辑，也不符合道德原则，这没法去推理。"他重重地摁了摁爸爸的肩膀，转身走了。

我没听懂他的话，犯起迷糊，无助地望着妈妈。

妈妈叹气，说："没法，小黑呀，与咱家没缘分。"

一个一个的村子人过来，说的是同一句话："找不到呀，小黑跑哪儿去了？"

妈妈说："乡亲们费心了，不找了，跑了就跑了吧。在我家待了半年，胖豆尽了心。跑了，咱也没法了。"

又高又壮的村长伯伯说："不管找到找不到，全村发动了，到处也找了，眼下只能这样了。咱旧州铺有个不立文的规程，祖上传下来的，也不知多少辈了，听老人讲，从古代传下来的。这规程是，不管哪家有事，也不管啥事，全村男女老少起动。一家的事，就是全村的事，人人都要出面，谁也不能坐视不管！咱们旧州铺，不用谁去强制和命令，人人照着规程自动行事,后辈也会传下去的。"

爸爸说:"知道,知道。咱旧州铺的规程,我打小就知道。大伙尽心了,我家的小黑,给乡亲们添麻烦了。唉,估计找不到小黑了。"

妈妈说:"胖子说得有道理呢,还真没看出,胖子的脑瓜子挺复杂的。"

爸爸不满妈妈的话,说:"你呀,那不叫复杂,是脑瓜子灵。咱旧州铺几十户人家,只有胖子遇事冷静,爱想问题,头脑很够用。"

村长伯伯点头,说:"胖子能当大夫,咱们怎当不了?他遇事不慌,想问题深,有条理。可惜,个头太矮,又黑又胖,找不到媳妇。"

妈妈说:"是呀,能人也有能不起的地方。他本事有,能耐有,心眼多,可就没媳妇。咋办?他也只能认栽!"

爸爸不高兴了,说:"你呀,胡咧咧啥呢!不会说话回家歇着去!没话找话,胡拉乱扯啥子哟!"

妈妈拉了我的手,进了家门。

村长小声说:"花儿说得也没错,人这东西,不能把啥都占全了。胖子也是的,眼光挑剔得很,不照镜子看自己,还要求女方有文化,个头高,模样好。不是咱小看胖子,人家有文化个头高模样好的女子能看上他?明摆着的!他啥模样?脑子灵醒不能当饭吃吧,可模样这东西,可是天天瞅着呢。"

爸爸说:"咱不能这样说胖子,脑子灵醒就是能当饭吃呢。胖子是大夫,给人看病,没这脑子能当大夫吗?咱旧州铺所有人,谁不生病?谁能离了他?男人么,选好女子,没啥。胖子挑剔,很对!娶媳妇,要称心如意才好,过一辈子哩!"

村长说:"你说得轻巧!当初,不是牛婶从中撮合,你能娶到花儿?牛婶跑了多少路,说了多少话,你才把花儿娶到旧州铺,给你当了媳妇。你称心如意了!花儿父母不愿意,嫌你黑,嫌你穷,你咋不说?"

爸爸说:"花儿父母嫌贫爱富,没事找事,才不理他们。花儿不嫌弃我,看上我了,这才是关键!咋个啦,看看我家胖豆,是全村最白最胖的娃儿,谁不服气!村长呀,你怎拿我和胖子比,我又高又瘦,哪点不比他强?"

村长说:"好了好了,不说了。说另一码事,竟是胡扯起来了。胖子找不到媳妇,是他自找的。咱俩是吃饱撑得慌为他着急,又不能替他做主,由他去吧!咱旧州铺,只有胖子不搭理人,架子大。以我的长期观察,他除了接待病人,只喜欢两个人,一个是胖豆,一个是牛婶。牛婶是热心人,给他当了一辈子媒人,唉,白当了。看看他,照样是光棍一条。奇怪的是,今儿他能给胖豆帮忙找八哥,是例外,破天荒!好了好了,言归正传,说八哥。你家八哥不见了,我个人寻思呀,被人偷了。已经没了,你劝劝胖豆吧,让娃儿别伤心。"说完,他跺跺脚,咳嗽两声。村长有个习惯,跺脚是威风,咳嗽是气势。然后,他背起手,走了。

他俩的对话,我们母子坐在院子里听得清清楚楚。

我哭了,头靠在妈妈肩膀上。

妈妈说:"小黑会飞,说不准哪天会飞回来。"

我摇摇头,抽泣着,进了自个儿房间。

我听见爸爸进了家门,拉上了门闩。

妈妈在厨房做饭,爸爸拉风箱。他俩的说话声,伴着风箱的啪啪声,我听不清。我想,他们一定在说小黑,推测小黑去了哪儿。

我听到脚步声,朝我房间走来。

爸爸揭了门帘,说:"胖豆,吃饭啦。妈妈给你做了荷包蛋,走,吃饭。"爸爸过来,亲昵地抬起手背给我擦泪,拉起我,出了房间。

妈妈端上一碗荷包蛋,表层漂着淡淡的猪油,肯定也放了几勺白糖。妈妈知道我爱吃猪油白糖荷包蛋,专门用好吃的来抚慰我失去小黑的心情。我吃了几口蛋白,喝了几口汤,不吃了。

妈妈劝我再吃点,说:"胖豆,再吃几口吧。我们也难过,小黑也是我们的娃儿。咱吃饱饭,才有劲头等小黑回来。我觉得,小黑一定会飞回来的。"

我嘴角一撇,又流泪了。

爸爸示意妈妈别劝我了，说："胖豆，我也相信，小黑会飞回来的。"

晚上，躺在床上，我默默流泪。睡不着，我竖起耳朵听，希望院子或者四周有小黑的响动。听了好久，没有。我又流泪，祈祷小黑早点回来。

窗外的夜晚，没有月亮，没有星星。我痴痴地望着黑色一团的夜空，盼望有一颗星星忽然出现，为我而亮。

在盼望中，我迷迷糊糊入睡了。

二十二

没了小黑，我上课走神，老师提问，我答不上来。

没了小黑，放学后，我走路无力。回到家，望着铁丝，发愣，不想吃饭。

没了小黑，我晚上睡不着，望着窗外的黑夜，久久发呆，头晕脑胀。

语文老师和朱老师关心我，课后，问："胖豆，你是咋个了？"

我黯然失神，眼圈红了，说："我家小黑不见了。"

朱老师不理解，问："小黑是谁，你弟还是你哥？"

我说："是我的好朋友，一只八哥。"

朱老师"哦"了几声，疼爱地摸摸我的头，不再言语。

语文老师柔声说："小黑不见了？不会是飞到哪儿去玩一阵吧？别伤心，会飞回来的。小黑不见了，胖豆想念，我也难受啊。我建议另养一只，咋个样？"

我摇头，泪水顺着脸颊流下来。

语文老师掏出花手绢,给我擦泪,说:"我能体会胖豆的心情,也很理解。胖豆很有爱心,是善良真诚的好孩子。"

朱老师说:"白胖豆,我理解你。我也建议你,最好另养一只。"

我摇头,满是泪痕的脸埋进了双手里。

我想要一只会说话的八哥!谁知道我的心愿?谁知道?谁能理解?

会说话的八哥,我的小黑,我的知心伙伴,我的好朋友。我养了小黑一场,是仔细的、真诚的、善意的,当亲人一样待。我想要它说话,要它和我一起说话,说人和人之间不敢敞开说的话,有什么苦全可以说出来,很真诚地面对彼此,心与心相贴……

突然,小黑不见了!我无法接受这个事实!

老师劝我另养一只,是出于关爱,让我转换一下心情。我虽年幼,也懂情感。在时间的浪花里,我和小黑跳跃在欢乐的河流中,找虫子养蚯蚓的点点滴滴,与阿黄拌嘴的有趣玩闹,为吃几条蚯蚓讨价还价的争吵……这一切,仿佛在昨日啊!我和它,在时光中一天天长大。灵性的它,在我的训练下,终于可以自由飞翔。我们共同经历了一件一件的事情,建立了很深的感情,是好友相互理解的友情,又似亲兄弟一般的亲情!这世上,没有谁能替代我的小黑,我咋能再养一只呢?不行的,一点也做不到!

"小黑呀，你去了哪儿？你可知道我一直想念你！"

"小黑呀，你在哪儿？我很想念你，给我托个梦好吗？我接你回家！"

"我不能专心上课，吃不下，睡不着。小黑，你能感受到我的想念吗？"

我再怎么在心底呼唤，我的小黑还是没有影儿。我暗暗发誓，必须找到小黑。突然不见了？不能就这样稀里糊涂地不见了！我要寻它，一定要找到。

放学后，失魂的我，独自在校园四处转，偏僻的角落，每个年级的教室，杂乱的操场边，一排排的树上……处处找遍了，没小黑。

失望，失落，失意……

咋出的校门，我没知觉。

走在回家的路上，我东张西望，魂不守舍。

这时，天空聚集一团黑云，越来越低，向我压来。没有雷声，没有风起。唰唰！雨来了，倾盆而下。我没有惊慌，也没有躲避，仰起脸，张大嘴，让雨水浇入嘴里。我希望，从头到脚，被雨水彻底浇透。这突如其来的大雨，像突然消失的小黑，流入我长久期待的心里，给我片刻的安宁。

我站在雨中，接受上天的洗礼。脸上全是一串串的水，是泪？是雨？我分辨不清。自从小黑离开以后，我像架在炉火上被烤似的，日夜难安，焦虑又难过。这一场大雨的降临，是上天有意的安排，渐渐浇凉了我的身心，我冷静多了。

浓密的雨水遮掩了秦岭巴山，我茫然四顾，寻找那往日如诗如画的汉中，就像寻找那个以前的我，小黑在的时候，那个欢快的白胖豆。

汉中这地方，最大的特点是雨多。

她卧在秦岭和巴山手掌之中，四季温暖，烟雨笼罩。夏季的汉中，雨水多，一下便是一个多月，滴滴答答，水汽连着雾气，好似童话世界里的梦幻和奇丽。山脉模糊了，树木迷蒙了，河面上升腾的水汽好像荡漾的云烟，一团一团，赶集似的朝汉江涌去了。

在雨天，人坐在屋里不动。身上，早已布满一层湿气。随手在胳膊或脖子一抒，腻腻的，再擦，也是腻腻的，擦不干净。路上，到处是水洼。抬脚过处，激荡的水珠扑上双腿，裤脚湿漉漉的，像在水里泡着似的。记得以往，下雨了，没有雨伞的我们，遮雨的是一片双手擎起的塑料布。

整个旧州铺，村里一条长长的东西走向的大路，分开了上百户人家。偌大的村子，仅一个女娃有雨伞，她是矮胖大夫的外甥女。没有雨伞，也没有雨鞋，我们穿着塑料凉鞋当雨鞋使，快乐地走在上学的路上。行走中，我们夸张地甩起双臂，踢踢嗵嗵，故意用力踩踏一处一处的水洼。啪！啪！巨大的水花从脚底飞起，冲过了我们的头顶，如坐在飞卷的浪花里似的，狂溅起一阵一阵的笑声，银铃一般向空中飞去了。我们玩耍时，从来不顾前后是不是有人，玩得忘乎所以。这雨中的世界是我们的，好像天地间只有我们。我们大喊，大笑，大闹，大步踩水，只图自己开心，很爽快，很随意，很尽兴。

因为小黑突然不见了，我的世界，就此也黯淡了。

曾经爽快自在的夏天，离我而去了……

此刻，一股股湿气如郁郁的忧伤，紧紧裹住了我。深埋在心底的苦，迎着倾泻的雨水，流着，流着，排遣着我沉重的想念。我的小黑，你在哪里呀？你在哪里呀？冷静下来的我，仰望乌云浓密的天空，喊一声，再喊一声，叹一口气，再叹一口气，又流泪了……

我猛然理解了大人为啥叹气，是无奈和压抑导致了叹气。不叹气，就得哭。哭久了，又叹气。哭和叹气是一样的，成人善于用叹气来伪装哭，哭对于成人，多少有些失态和丢面子吧。我也明白了，失态和叹气也是一样的，因为我会叹气了。

中国的词语有神秘性，我体会出的意思，不能用概念来定义。定义是一句呆板的话，缺乏情感。我喜欢用情感来理解一个字和词。中国文字是神奇的，是有情感的，不能让定义弄丢了。"情感"这个词更神奇，更不能去死板地定义。

迎着雨水，我想着"哭和叹气""叹气和失态"的意思。想词语的目的是安慰自己，我心里真正想的，只有小黑！小黑呀，你在哪里？我问天问地，天不言，地不语，唯有雨水哗哗哗！水珠顺着头发钻进我的眼睛，滑向我的鼻子，顺着嘴角流下……

茫然的我，走上了木桥。我浑身湿透了，书包也湿透了，雨水从我衣领衣袖衣摆滚动而下，成了一串串的水帘。我是个落汤鸡！雨越下越大，用大盆泼下来似的，雨脚快得无法与地面敲出鼓点了。看来，天神生气了。小黑没了，惹怒了天神，用力打几个喷嚏，人间便是汪洋了。

我行走在雨中，大喊起来。喊完了，一阵疼痛袭来。我想要一只会说话的八哥，我想要！现在，我站在祖先的河与桥上，大喊，祖先呀，我是白胖豆，我想要一只会说话的八哥！小黑没了，我很难过！我与大自然的孩子——可爱的小黑，突然分开了！祖先，我找遍了能找的地方，全都找了。可是，我找不到小黑，我很难过！只有"难过"这个词，符合我现在的心情。

我站在桥上，面对阔大的河面，如钉在桥板上一样，定定站着，用力喊祖先。

远处，教堂的身影遮在雨帘后面，蒙蒙眬眬。它隐在雨水深处了，连个影子也没有。上帝呀，可怜白胖豆对小黑一腔深情，施舍爱与我，让小黑回来吧。

恰在此时，一个人从我身边走过，轻碰了一下我。他双手举着一张塑料布，顶在头上遮雨，压得很低，盖住了半个身子，我很难看清他是谁。

他小声说："你去找瘦竿要！找他要！"

话音未落，他转身而去。塑料布像一只巨型白鹭，迎着急促的雨水起飞，翅膀用力扇着，飘然远去。从声音，我听出是毛蛋。仿佛他又不是毛蛋，是天地间冒出的小精灵，上帝派来的天使，传递了天大的秘密，悄然飞走了。

消息的传递是瞬间完成的，如夜空中的流星，迅速飞逝。这是我和毛蛋的秘密，祖先知、桥知、河知、雨知。他的话，惊醒了梦中的我。瘦竿？我怎么把他忘了？近来满脑子是小黑，竟忘了他。小黑不见后，我咋没想到这个人？瘦竿？对，一定是他！

我抖落头上的雨珠，甩掉失望和难过。顿时，尘封的热情上来了，我体内装了风火轮似的。我对着河面，啊啊啊大喊了三声。

几个同学从桥上经过，一个问我："白胖豆，你吼啥子哩？"

我一字一顿地说："我在叫祖先哩！"

同学不明白我说的意思，皱了皱大蒜鼻头。几个同学轻轻发笑，双手撑起塑料布，飘走了。他们像疾步的公鸡，赶着回家去吃饭，哪里明白我丢了小黑的心情？一个人的苦处，一个人受伤的情感，旁人根本体会不来。人与人，人与鸟，讲的是感情。他们没有养过八哥，和八哥没有感情，咋知道我没了小黑的感受?

"啊!"面对烟雨蒙蒙的河流,我使出浑身的劲儿,又大喊了一声。

我冲破大雨斜织的密网,冲啊,朝瘦竿的村子冲去。

"找回小黑,我的小黑!"

二十三

我一路狂奔,热情的风火轮在我体内自由旋转,一路高歌。

雨很大,愈来愈大,道路已成河流。我奔跑的步子,飞溅起升腾的水花,哗哗起舞,浸没我的裤子,湿了衣衫下摆,渗透了全身。满头大汗的我,在雨中飞奔。浑身上下,冒着浓郁的雨气,我冲进了瘦竿的村子,冲刺到了瘦竿家门口。

此时,瘦竿正站在屋檐下抖擞遮雨的塑料布。一下,水渍甩出,如成人在打喷嚏,一下,水渍再甩出,喷嚏又响起。连甩了四五下,他把塑料布拉直,放在了檐下弯曲如拐棍的树根上晾起来。

我抹一把脸上的雨水,大叫:"瘦竿。"

他看到我,如狸猫见了要咬他的狗似的,一脸惊慌,后退几步。他的神情再明显不过了,傻瓜也能看出来。小黑的消失与他有直接关系,是他偷的,定是他!

他嘴角不自然地抽动两下,问:"白胖豆,你咋来了?"

我压住火气，说："我来，是接我的小黑回家！"

他嘴角连续抽动几下，摇摇头。

我咬牙，喷火的双目怒视着他，说："你为啥要偷我的小黑？咱不是说好了吗？一人养一只，一起比赛，看谁养得好。等养大了，一起去城里给它们捻舌，让它们一起说话。我问你，为啥要偷我的小黑？"

他摇头，脸色变红，又变白。

我厉声问："小黑呢？还给我！"

他搓着双手，说："是这样，白胖豆。我的八哥，养了一个来月……死了，让该死的老鼠吃了！我无法对你说，心里苦呀，说不出！八哥死后，我专门去了树林，爬上了上次取八哥的大槐树，希望从留下的三只八哥里再取走一只，发誓好好养。可是，窝里没一只八哥了，窝很破旧，落了一层杂草。我还纳闷，那三只八哥去哪儿了，窝咋废弃了……"

"三只小八哥长大了，已经飞走了！"我打断他的话，"八哥的窝，在孵小八哥时才垒。孵一次小八哥，它们一长大，飞走了，窝就废弃。"

他说："还有这怪事？垒一个窝孵一回小八哥，不要窝了？"

我摆摆手，不耐烦地说："别说了，把小黑还我！"

霎时，他五官变形了，更像个可怕的狸猫。

他支吾着说："那天，我去了树林，没取到小八哥，不明白咋回事，想问你，怕你笑话我，也没问。直到上次，英雄爷爷让我和几个同学送你回家，在你家院子看到你养的八哥，我很羡慕。说句实话，我想拥有！可是，我没勇气给你要，想想，我咋张口要嘛！不瞒你，我私下去你家看过好几次。周末，你训练八哥的过程，我全见了。很羡慕呀，我恨自己没把八哥看护好。真是怪事，他咋能让老鼠吃了呢？后来，有个同学煽动我，去偷你的八哥。我说不行，还骂了他。他摸透我要八哥心切，好几次提醒我，摆出一堆去偷的理由。我经不起煽动，壮了壮胆，就去你家偷了。胖豆，相信我，小黑到了我家，我对它非常好，给它喂蚯蚓吃。它不好好吃，用嘴啄我，使劲叫唤。我乞求它吃，它不吃，白天黑夜地叫唤，嗓子没声了，还张着嘴……"

"别说啦，还我小黑！"我又一次打断他的话，"快，还我小黑！"

他说："胖豆，你听我说完嘛。我对小黑非常好，谁知……上周三，我上学去了，隔壁的蛋蛋把小黑偷出去玩，当时雨太大，他手一滑，笼子掉入屋檐下的水沟里，小黑被淹死了。我放学回家，才知道这事，气坏了，冲出去，非要揍死蛋蛋！我爸拉住我，教训我，说蛋蛋不到三岁，不懂事，八哥没了事小，揍死蛋蛋要抵命的。蛋蛋的妈妈也来找我，说蛋蛋小，不懂事。我恨自己，为啥把笼子放在墙角？如果笼子挂在高处，蛋蛋够不着的。胖豆，你说，不到三岁的蛋蛋，你说我能咋办！我打死他吗？让他变成小黑吗？我能咋办呀！唉，我很伤心！你说，一个不到三岁的小屁娃儿失手淹死了小黑，我再伤心，再难过，能咋办？我很难过，难过得不想活了，谁能理解我的感受，我给谁诉苦去？我的苦，说不出呀！"

他哭了，哭得上气不接下气……

雨越来越大，雨势更猛了，浇灌着我和他。

他不停哭，不停说。此情此景，合乎情理地颠倒了次序，是我错了，好像我不该来要回小黑，好像一切怪我。我似木头一般杵着，一把一把抹着满脸的雨水，好像是我的错，他没错？他很苦，没人理解他？

我家的小黑，一点一点被我养大，健康活泼地成长着。他是贼，偷了小黑。我来要回小黑，倒是我的错了。做了贼的是他，好似我惹得他难过伤心了。好像我犯了错，接受他连珠炮似的审问！我不知所措了。他见我后退了两步，更是大哭大叫，哭得撕心裂肺。一时间，刺耳的哭声混合着啪啪的雨声，乱了我的方寸，也乱了我的心。他说的整个过程，似乎是真的。他的态度，看着也是真的。我的小黑，可怜的小黑，被一个叫蛋蛋的不到三岁的娃儿玩耍，淹死了……

轰隆隆！噼里啪啦！一阵响雷滚过，两道闪电。

我的小黑死了？"死了"两字，也如雷电一般击来，我体内的风火轮散架了，没了魂。我脚下不稳，差点摔倒。上天愤怒了，响雷，闪电。小黑死了，死了。我牙齿咬得咯咯响，说啥呢？我能把瘦竿咋办？杀了他吗？能救活我的小黑吗？

我无力地问他："告诉我，你咋样偷走小黑的？"

他哭着说："你家院外有一棵银杏树，我爬上去，用一根很长的竹竿把笼子挑出来，下面有同学接应……"

我一听，颤抖了几下，快速转身，顶着大雨，趔趄离去……

雨越下越大，好像汉江生气了，一江水直涌天上，一盆一盆泼下来，以泄内心怨气。天在哭，地在泣，天地万物哭成一团，哭得一塌糊涂，天昏地暗。

轰隆隆！轰隆隆！天空再次滚动巨雷，闪出几道耀眼的闪电。

天地大放悲声，涕泗奔流，哗哗哗！雨水汇成一条条的河水，流向四面八方去了。河水吞没了村子各条小路，漫过一家家的墙根，哗啦啦地冲向了水沟。一张巨大的网，汇聚了纵横交错的来自各村的水沟，聚成一股浑浊的巨流，撒野一般涌向村外的堰河。天神来了，为小黑的死，鸣不平；为我的伤心，鸣不平；为成人和娃儿的无意作恶，鸣不平；为天下有瘦竿这样的贼，愤怒；……

天神质问："小娃儿是命，成人是命，难道八哥不是命吗？不是吗？"

我大哭着说："天下生灵，全是命！全是命！"

站在几个村子的交界处，我仰望高大的教堂，泪水和雨水交汇而下……我的小黑死了，死在瘦竿家门前的水沟里。可怜的小黑，连一句话没顾得说，走了，离开了这个世界。小黑冤枉呀，死在一个不到三岁娃儿的手里！在成人眼里，一只八哥的死，等于死了一条毛毛虫，微不足道。这天下，哪个成人认为小黑也是生命，和人平等，小黑的生命和人的生命同等重要？没人认为的！

我的小黑，虽是一只八哥，但它比人善良真诚，比人可爱纯洁！

"可怜的小黑，你死得冤呀！"我用尽全力呐喊。雨水覆盖了我的脸，浇透了我全身，消融了我体内已经散了架的风火轮。整个的我似乎解散了，胳膊双腿像一个个零件似的，漂在水的世界里，无依，又散乱。

教堂上空的十字架，高高地挺立着，像一个短小精悍的持剑武士，威风凛凛，一副保护神的样子。它带着上帝的命令，送爱和救赎来了。

多少苦命的生灵？要救赎的，到底是谁？

都怪我，没照顾好小黑。

走入树林的一刻，我做好了准备，接受鸟儿们的惩罚。树林里，雨落的声音像鼓手敲击圆面大鼓，嗵！啪！嗵！啪！雨点连珠似的打在叶面上，节奏快，交错混响。蛇行小径穿着一色的湿衣，静静地躺着，没有一丝脚步走过的痕迹。我怀着冒死的心，在小径上悲壮前行，被长蛇驮着，迎接鸟儿们的审问。然而，没一只鸟儿露面，没一丝鸣叫响起。除了雨声，鼓点声，沙沙的雨打树叶声，再啥也没有。这是反常的，与往常的气氛截然不同。

若在往常，即使再大的雨，也阻止不了林间鸟儿们聚集欢唱。雨天的它们，扇动翅膀，摇晃脑袋，飒然地抖掉一身的雨珠，立在巢沿，东张西望，呼朋引伴，享受雨中的快乐时光。

而此时，所有的精灵，在巢里静静地待着，感受天神的恩德和宽容，不责罚我。我做好了被审问被指责被训斥的准备，它们选择沉默。小黑死了，它们选择原谅我。沉默和原谅，是它们对我的态度。

一阵风吹到我耳边，带着雨水的潮气，耳语："小黑死了，我们很难过。胖豆，我是小白，我们全家不怪你，不怪你。"说完，消失了。

我说："小白，全怪我，没照顾好小黑。"

一阵静默，又是一阵静默。林子里，鸟儿们依旧保持沉默，连一只鸟也不愿出来指责我。它们越是宽容我，我越自责，心里越发难过。

我拖着沉重的双腿，出了树林，踏上了木桥。

桥上积水很多，板面很滑，好几次，我差点栽倒。

雨更大了，走在雨中，我艰于呼吸。雨水中的我，不是我，也成了雨滴。我和雨融合了，雨也是我。雨贴着我，从我的眼角、我的嘴角、我的下巴，一泻而下……多少泪水掺在雨水里，从我的脸颊流下？说不清。我哭了多久？说不清。

我从瘦竿家咋走到树林的？说不清。我咋踏上木桥的？说不清。

迷迷蒙蒙之中，我看到一只鸟儿伤心地哭，它长着白色的嘴，一双红色的脚。它拼力地哭喊："精卫，我是小黑！我发誓，要填平所有的水沟！"

正在这时，从秦岭之巅，传来一个遥远的声音，幽幽地飘在我的耳畔，说："胖豆呀，小黑死了，我们很难过。小黑是一条命，和人一样的命呀。你看河、人、桥，都有生命，很长很长的生命，不知多少代了，不能人为地去破坏和毁灭。胖豆呀，小黑没有死，变成了神鸟……"

突地，我打个激灵，想说什么，耳边却没一丝声响了。

我仰望天空，天神正在凝视我。

遽然，天神慈悲一笑，坐上神车，神鞭一挥，远去了。

二十四

"胖豆！胖豆！"

水淋淋的我，坐在木桥边，两腿吊在半空，双眼盯着河面。隐隐约约地，好像有人在喊胖豆。胖豆是谁？我迷迷糊糊。

爸爸喊："胖豆！胖豆！我的娃儿！"

我说："小黑，死了……"

爸爸一把搂住我，喊："胖豆！我的娃儿！"

爸爸咋背我回家的？记不得。

妈妈大哭，喊："胖豆，我的崽娃儿，胖豆！"

我感觉到了，妈妈抱紧我，她的脸紧贴我的脸。她哭着，喊着，疯了似的。我想叫妈妈，双唇粘一起，张不开，蜡封住了似的，吐不出半个字。

当晚，我发高烧了。

爸爸不停叹气，妈妈一直哭泣。我似乎有感觉，但双眼睁不开，嘴巴张不开。

病了三天,我和小黑说了三天话。

小黑会说话了,还背了古诗"春眠不觉晓,处处闻啼鸟"。

我鼓掌,为它高兴。

它能说话,能背诗了。很兴奋的它,蹦来跳去,翅膀扑棱棱扇动,一会飞向高处的屋脊,一会落在我肩上,向天地宣告特大喜讯"春眠不觉晓,处处闻啼鸟"。

小黑问:"胖豆,我是鸟吗?我说的是鸟语吗?"

我摇头,说:"你说的是人人能听懂的话,世上没有鸟语人语,都是说话。"

小黑蹦了几下,引吭高歌,在院子上空旋了几个漂亮的圈,说:"都能听懂,太好了,太好了,我会说话了!"

我说:"小黑,咱俩不分开。我离不开你,你是我的知心朋友。"

小黑说:"胖豆,咱俩不会分开,一直在一起。"

我说:"我要你说话,要你背古诗。往后,你有啥话就直接说,别闷在心里。我不想让你有苦说不出,全要说出来。你说话,我开心。"

小黑说:"胖豆放心,我有话就说,不苦自己。你也一样,有话就说。胖豆,不管我到了哪儿,心里都有你。胖豆,你让我体验了人间的快乐,我感受到了你的关心、友爱,你是善良真诚的胖豆,永远在我心里。"

我抱住小黑,放声大哭。

小黑叹口气,说:"我知道你想念我,离不开我。胖豆,你在我心里。你要明白一个事实,我已经死了。以后,我不能陪伴你了。你要开心,认真学习……"

"不!"我大声哭喊,"小黑,你不能死!你死了,我咋办呀!"

"胖豆!胖豆!"妈妈叫我。

"胖豆,我的娃儿!"爸爸叫我。

我努力,终于睁开了双眼。

爸爸红着眼,吸着鼻子,紧紧抱着我。

妈妈哭着说:"谢天谢地,我的胖豆,醒过来了!"

矮胖大夫从我腋窝下取出温度计,说:"胖豆呀,鸟死不能复生,逝者已矣,生者珍重。小黑遇到你,也知足了。我是大夫,在我的眼里,一切生灵平等。你能理解我的意思吗?人经历了生死离别,才会慢慢成长起来,一步步走向成熟,意识和精神才会渐渐有觉悟。就像我,一个老男人了,还是光棍一条,没娶到媳妇,但我懂得了人性,更懂了女性。有得必有失,有失必有得。你理解我的意思吗?"

我似懂非懂地点点头。

我体会到他的意思了,但他说得太悲壮,太高大,是成人的语气,用的词语也高深莫测,我理解得不一定到位,只是体会到他的意思了。

大夫紧紧握了握我的手，我感受到了他的力量。

他微笑着说："整个旧州铺，百十个娃儿，我只喜欢胖豆！胖豆身上有一种特别的东西，很有力量，是成人根本不具备的，让成人汗颜！"

我吃力地问："啥叫汗颜？"

大夫抿嘴一笑，温和地说："有些词语，不能做单一解释。你长大了，自然会理解。你好好养身体，也养精神，恢复了再去上学。我走了，家里有病人等着呢。如果你有啥心事想对我说，就叫我。"他朝我挤挤眼，好像他和我很知心。

我头一次发现，大夫很温和，很可爱，很亲切。谁说他长得丑？他一点不丑。

爸爸说："胖子，咱胖豆喜欢你。"说着话，送大夫出了家门。

妈妈拉着哭腔，抱紧我，心肝宝贝地叫着，好像我丢了很久，好不易才寻了回来。她抱得太紧，我喘不过气。我轻声哼了两声，努力想挣脱。她感觉到了，松开了我。

妈妈说："胖豆，以后别乱跑，吓死我了。你是妈的命根子，没你，妈不得活了。"说着说着，簌簌落泪。

我张嘴，想劝慰妈妈，却说不出话来。我想伸手给妈妈擦泪，也抬不起胳膊。

十天后，我基本恢复了，要上学去。妈妈给我做了早饭，给我背上书包，送我到村口"旧州铺"的大匾下，说："胖豆，放学后早早回家。"

我朝妈妈挥手，向学校走去。

刚步入树林，鸟儿们一见我，一起飞过来，向我打招呼，给我说话、跳舞、唱歌。我很激动，却不知说啥好。我感受到了它们的热情，更理解它们的心情。我挥挥手，眼里噙满泪花。它们像早已商量好似的，又一起把我送出了树林。

我踏上木桥，桥板吱吱呀呀地吟唱，说着与我分开后的思念，如泣如诉。轻轻地唱曲，晨风似的，从我耳畔飘过……是远方的歌谣，悠长的，轻烟一般，从遥远的古代传来，铺在金光闪闪的河面。一圈一圈的波光，漾起浅浅的笑意，满足地、乐意地流向汉江，继续流向长江和东海，去了不知何处的远方。

我落泪了，走一步，脚下一颤一颤。我的泪水，一线一线地流，为拥有的，也为逝去的。我热爱山川河流，热爱动物植物，热爱拥有过的美好，以及伤感。一切，放在我内心深处了。

我进了校门，学校的喇叭里放着晨曲，各年级的同学们来来往往。我步入教室，发现同学们已到齐了。难道我迟到了？不会吧，我迟疑着。

啪啪啪！热烈的掌声响起……

瘦竿朝我走来，伸开双臂，眼里闪着点点泪花。

我稍微犹豫了一下，也伸开双臂，坦然地走向他。

我们拥抱在一起。

瘦竿在我耳边说:"胖豆,是我不好。"

我沉默。

说什么呢?我没有原谅他,不会原谅。但我不恨他了,恨只能让自己更难过。我为了调整自己的内心,不再追究了。我为了精神上轻松一点,我跟自己和解了。

我小声说:"不要提了。"

他问:"真不提了?"

我点点头,他不理解我说"不提"是啥意思。我是不提了,但"不原谅"他。我回应他,在全班同学面前,彼此拥抱了。我是用宽容的行动,来释放自己内心说不出的疼。我,和自己和解了。

毛蛋鼓掌,全班跟着鼓掌,掌声再次热烈响起……

这是一个全新的班级,第一次我有了异样感受。我与自己,与他人,达到了一种和解。和解,才能缓解心底压抑的难言的疼痛。

小黑死了后,我仿佛一下子长大了,懂事了。

爸爸和妈妈看在眼里,理解我压抑着失去小黑的苦痛。老师们也看到了,尽量在课堂上提问我,极力地表扬我。因为他们太刻意,我反倒不自在了。我需要特殊关怀吗?我是谁呢?心头缠绕着一种异样感,很特别的感觉。

一次语文课上,老师讲到了书里引用的名人名言,讲孟子的"生于忧患，死于安乐"。讲了这句话的意思后，老师放下课本，提到了古代的彭龄儒师。

老师说："前一阵，我去了勉县县志馆，查阅有关彭龄的留存著作。彭龄是清朝大儒，学识广博，著述丰富，涉及各类文体。世称'南山彭'，也称'彭儒师'。大儒是啥呢？就是古代很有学问的人，通'四部'、名冠天下的人。你们以后长大了，就懂啥是'四部'了，现在说，你们也不明白的。好了，我们继续来说彭龄留下的著作。可惜时间久远，他留存下来的著作很少。不过，我看到一个有关彭龄的故事，今儿给同学们讲讲。彭龄一生，大半时间在关中书院教书，也在周至和靖边等地办学讲学。他年纪大了，决定回汉中老家安度晚年。在古代，汉中和关中隔着一座秦岭，路途遥远又艰险，去一趟关中，回一次汉中，难于上青天。彭龄雇了两名轿夫，一路上，轿夫观察到彭龄把钱财装在一双鞋里，心里起了歹意。他们翻过秦岭，进入褒河地界，彭龄便付了费用，不用轿夫了。轿夫说：'我们不要钱，只想要那一双鞋。'说着话，面露凶色。彭龄见状，知道轿夫发现了藏钱的地方，很镇定，将那双鞋送给轿夫了。轿夫拿鞋，快速离去。同学们，你们想想，彭龄为啥很镇定地将那双鞋送给了轿夫？"

瘦竿说："怕挨打呗。"

毛蛋说："傻呀，太傻了。"

同学们七嘴八舌，只说彭龄和轿夫，没人提到那双鞋。

老师说:"胖豆,彭龄是你们旧州铺的人,你说说为啥。"

同学们发出惊讶的叫声(他们惊讶我和彭龄是同村人,很羡慕),目光齐刷刷看向我。

我站起来,说:"那不只是一双鞋,更是彭龄的生命。彭龄懂得保命,才将一双鞋交给了轿夫。"

老师对我的回答很满意,带头鼓掌,全班跟着鼓掌。

老师说:"胖豆说得真好!从古到今,多少争斗杀伐,为了钱财,为了去抢别人的东西,很多人为此丢了性命。彭龄是大儒,懂钱财是身外之物,关键是保命。钱财本是彭龄几十年辛辛苦苦攒下来的,轿夫是彭龄掏钱雇佣的,说好了价钱的。他们见彭龄是文人,手无寸铁,抢了钱财据为己有,是盗贼。"

啪啪啪!全班鼓掌,掌声如雷。

我用力地鼓掌,恨不得把一双手变成悬挂在白皮松上的大铜钟,咚——咚——响彻整个校园。

老师用手势示意,请安静,请安静。

掌声停止了。

我斜扫一眼毛蛋,毛蛋刚好也看我一眼。我俩四目相对,心领神会。

老师说:"不是自己的东西,不要去抢。伤了别人,也对自己不利。俩轿夫抢了彭龄的钱财,回去的路上,能安心吗？"

全班同学摇头，一致说："肯定不安心！担惊受怕，有可能会遇到比他们更厉害的盗贼。"

老师轻咳几声，语重心长地说："同学们，彭龄把装有钱财的一双鞋送给轿夫，还有更加重要的意义，那就是，人一生，谁都会遇到不测、困难、挫折，会发生意想不到的事，孩子有孩子的苦恼，大人有大人的难言。要记住，不管碰到什么难题和挫折，再大的事，再难的事，再苦的事，都没有生命重要。生命永远最重要，是第一位的！保住了生命，就拥有希望，就拥有未来。彭龄把一双鞋送给了轿夫，失了钱财，却保住了宝贵的生命。之后，回到家乡的彭龄，隐居在旧州铺，潜心于著书立说，写了几十部巨著，有《十三经注疏》《洔水考》《秦岭志》等。同学们，你们想想，如果彭龄为了不失去那一双鞋，和轿夫争斗，必然会丧失生命，没了生命，还会有后来的一部部巨著吗？"

同学们听着老师的话，很激动，异口同声回答："不会！不会！"

老师说："同学们，你们是父母的希望，也是国家的未来。每个人，都有自身的闪光点，要努力把闪光点放大，将来就会成为各行各业的优秀人才。成绩不好没关系，考试名次靠后没关系，回答问题反应慢点没关系，作业错了没关系，人来到世上，各人有各人的前程，各人拥有属于自己的天地。只要堂堂正正做人，就是优秀的人。不要盲目去攀比，不要无端去争斗，更不要相互嫉恨。任何事，在'生命'面前，都是小事，唯有'生命'是大事！一定要保护好自己的生命，珍惜生命，才能谈到将来的'前程'和'属于自己的天地'！同学们，记住了没？"

同学们大声回答："记住啦！"

下课后，毛蛋从我身边经过，小声说："瘦竿听了彭龄的故事，一直低着头。"

我说："不要提了。"

几个同学围过来，说："旧州铺出了彭儒师，厉害！胖豆，彭龄是你们村的！"

我点头，怀疑他们是否听懂了老师讲这个故事的真正用意。

几天后，语文老师找我，说："胖豆呀，你再养一只八哥吧。"

我摇头，再三摇头。

老师劝我，说："八哥是神鸟，通人性，你再养一只。"

我说："不养了，再不养了。"

一天，吃晚饭时，爸爸说："胖豆，改天重新养一只八哥。"

我摇头。

妈妈也劝我养一只，还说她帮忙给八哥做笼子。

我听着,眼泪在眼眶里打转转,摇摇头。

爸爸和妈妈交换了一下眼神,爱怜地望着我。我知他们也难过,小黑在我们家,不是一只鸟,而是和我一样,是他们的娃儿。

随着时间的推移,我渐渐从忧郁中走了出来。

爸爸妈妈和老师见我恢复了,很高兴。他们又劝我再养一只八哥,在他们心里,只有再养一只八哥,我才能彻底恢复,成为以前的白胖豆。

"一个人的成长,必得经历亲近的人来过,又离去;犯错了,然后知错;缺憾有,继续缺憾着。没谁,能够代替谁。每个人,每只鸟,每棵树,有自己的生命,有自己的光芒,谁也代替不了谁。"我对爸爸妈妈,对老师,讲了自己的体会。告诉他们,再不要劝我养八哥了,我有自己的想法和认识。是小黑,用生命的代价,提高了我对生命的认知。

他们点头,赞同。

老师拥抱我,说:"懂事了,白胖豆。"

妈妈亲昵地说:"我的乖娃儿。"

我发誓,以后再不养八哥了。

牛奶奶、敲钟爷爷、爸爸、妈妈、语文老师、马老师、朱老师、小黑、阿黄、瘦竿、毛蛋……所有人,是大自然的一分子。在大自然的怀抱中,所有人相互交往,平等相处,一起生活、成长、生存、死亡,共同感知快乐与伤心、失去与得到，以及生死与离别。

河，人，桥，永远站在美丽的旧州铺，站在美丽的汉中，站在秦岭巴山之间，是我的祖先，是我们的祖先，是所有人共同的祖先。

树林、高山、河流……不是属于哪个人和哪个人群的，不分高低贵贱，属于整个大自然，整个社会。动物、植物、民族、文化……属于整个人类，属于大地和天空，属于大自然。

我，以及我们，从童年出发，走在无限的时间之途，在成长，在经历，在和解，在寻找，在感受，在回忆，在思考……

我们是谁？从哪里来？要到哪里去？

于2022年11月10日连城山下止玄斋一稿
于2024年5月31日连城山下止玄斋二稿
于2024年6月2日连城山下止玄斋三稿
2024年7月4日星期四连城山止玄斋四稿

后　记

　　进入信息化时代，人类社会发生了天翻地覆的变化。如今，与日常生活紧密相连的便是手机。电话、资讯、办公、支付各项费用等等，全用手机。

　　在普通人的生活里，手机日夜相伴，机不离手，人不离机，连上厕所和睡觉也未能分开。人最亲密的朋友不是人了，不是大自然了，而成了手机。人与手机的亲密程度，胜过了父母和妻儿。这是人类史上空前绝后的"奇迹"，若是孔子和苏格拉底活着，不被这一现象惊死，便也笑死了。

　　在一个信息化时代里，人不断开发自身智能，研制出各式各样的电子设备，最便捷的就是手机。人制造了手机，反过来，手机控制了人。人在不断地表现自我智能的过程中，不断地确立主体性，寻找人之为人存在的意义。而人之为人的本质，也走在消逝的途中。

　　人经历得多了，才懂得生命的价值与意义，才有了向往原野的"信念"。"信念"的最高层次是信仰，需要理智地思考和执守。"原野"却让人充满了想象，大自然的，广袤的，原初的，未开化的，受保护的，与人类息息相通，又与人类相互凝视，处于可感与不可感之间，可入其里，也可出其外。一提原野，如一块石头落入池中，激起回忆的涟漪，扬起诗性意味——那种原初恰似童年的本真。

信念，一方面是信仰，一方面是践行，是知与行的统一。统一，才算完成了信念的哲学意义。童年，是人生快乐的发源地（原野），从那里出发，几十年或一百年，回过头追忆往昔，发现童年才是人生美好的终极（信念）。

人最怕的，是回首往事。英雄论过往，再怎么豪情万丈，也会泪湿衣襟。一个经历丰富的人，往往情不自禁处，便是回首过去。

走过的路，曲曲折折，浓重的沧桑如扇来的一巴掌，使劲打在人心上。战栗之际，生命历程，千疮百孔，星星点点，缀满了四季的天空……盛夏，焦灼的大地烧得人每个细胞都无法安宁，思想在痛苦中大汗淋漓，片刻喘息竟也成了一种奢侈。隆冬严寒，四面墙壁挂起成串的冰珠，人仿佛置身冷窖。天空和大地，夏与冬，是葱郁和苍凉交织成冰火两重天的画面。秋的蓝，春的绿，是五彩斑斓的世界，暖人的风拂来，昙花一现，一般不会给人留下多少印象，那是属于贵胄闲人的繁华与富丽。

美国诗人斯奈德说："意识、思想和语言本身就自带野性。这里所说的'野性',与大自然的'野性'一样,都是相互联系、彼此依存。它充满了多样性,自古就有,蕴藏着丰富的内涵。故事,是人类在世界上留下的一种痕迹。所有文学作品皆为痕迹遗存。"人类通过想象,竭力使用"平静"的语言,描写各种人与自然的故事,以此来追寻久违的亲近,从小鸟到树林,到天气,再到河流和远山。那一处地方,藏于记忆深处。一条河,一座桥,一个村落……如一杯清洌的泉水,抿一口,便滋养了成年后疲乏的身心。

在大部分成人看来,儿童不成熟的"快乐和烦恼"有点可笑,是未开化的玩闹。然而,那种情绪是真实的,伴随其幼小的心灵一起成长,在尘世纷乱的杂事中,将其安置在心灵隐秘的一角。毫不夸张地说,在每个成年人心里,那不值一提的幼稚的"情绪",如刚破土的嫩芽,饱含真气,好奇、清鲜、干净,无形之中温暖了成年之后无法言说的苍凉。

如此,一个一个的人,共同坐在人类童年的摇篮里,听一曲悠远的古谣。一代一代,在岁月里繁殖更替,子子孙孙,绵延不断的时间流,积淀成信仰、精神气质、文化心理。一代一代,面对的终是那一条河,一座桥,一个村落,几十年,几百年,几千年……

儿童是自然之子。在质朴的年代,儿童是自由的,属于大自然,如一只鸟儿、一株嫩苗、一个小动物,平等与大自然对话。赤子之心,有灵性,能听懂鸟儿的话,能领会植物的秘密，能和小狗一起在家乡的原野上东奔西跑……儿童让我们追忆逝去的时光……小说的主人公白胖豆是一个自然之子，出生在秦岭深处一个古老村庄——沔（勉）县旧州铺。一个通灵儿童，从汉中的山水间（原野）走来，带着快乐和烦恼，践行了自己的童年时光，在人与人、人与自然、人与事的纠缠中，引导我们不断去追问和反思（信念）……

一部小说，体现作者的一种思考。作者，更需要还原自己。还原自己，是一种警示，绝不是一个自己，而是一个群体，一个族类。还原，是一种指向，是文学的，也有历史的，也是哲学的。

一部书稿，和人一样，有自己的命运。

作品对于作者而言，当孩子似的精心孕育。我的写作观，和大部分作家不同。写，是我的意愿，是我的事。能否面世，依赖于出版方的关心和支持。

从我的第一部小说《遗园》开始，陕西师范大学出版总社就给予了极大信任和关心，这里，衷心感谢刘东风社长的大力支持。

感谢我的导师贾平凹先生。写作之路，艰难不易，每一步，离不开贾老的栽培和扶持。贾老很忙，一方面潜心创作，一方面忙于工作事务，但他再怎么忙，也一直关心我的创作。我一有玩心和懈怠，贾老便提醒我，批评我。这部小说定稿后，我寄书稿给贾老。贾老仔细审阅了书稿，并提出修改意见，并亲笔作序。

感谢陕西理工大学党委书记赵晓林教授。赵书记到陕理工任职以来，我的工作以及居所，得到了很大改善。赵书记的关怀和支持，我很感激。

感谢陕西理工大学人文学院徐向阳院长和郭亚锋书记对我的理解、支持和关怀。在此，一并感谢人文学院同事们以及其他部门同事们朋友们的支持和鼓励。

美国作家乔伊斯·卡罗尔·欧茨说："我们写的是本土，是地域，发出的是个人之声。多少人对我们一无所知，但我们努力创作出来的艺术作品却可以和他们进行交流。我们彼此陌生，却由此产生了意想不到的亲密感。个体的声音就是公共的声音。地域的声音就是世界的声音。"

我很欣赏欧茨这段话，以此作为结尾，便是最好的最满意的句号。

2024年10月30日于连城山止玄斋